Attends-moi cinq minutes

j'en ai pour un quart d'heure.

Gérard Bourguignat

Attends-moi cinq minutes, j'en ai pour un quart d'heure.

Nouvelles loufoques

Délires co(s)miques.

Éditeur : BoD-Books on Demand
12-14 rond-point des Champs-Élysées, 75008 Paris
Impression : Books on Demand, Norderstedt, Allemagne
ISBN : 9 782322 206698
Dépôt légal : Mars 2020

Je n'ai jamais fait mon âge.

Je l'ai toujours laissé faire aux autres.

GB.

LA GENÈSE *(en quatre tableaux)*

Tableau 1

Un matin, je me suis réveillé, j'étais Dieu …

Oh, ça n'a pas été facile tous les jours, faut pas croire ! Bon, les anges, les anges, ça va un moment, mais on se lasse à la fin (si j'ose dire). Alors j'ai organisé une assemblée générale extraordinaire. J'ai dit — « Écoutez, les cocos, vous êtes sympas, j'peux pas dire, Dieu par-ci, Dieu par là, Notre Père qui êtes odieux, z'avez besoin de rien, etc, etc ; mais bon ! Alors, voilà, j'ai eu une super idée, je vais créer la terre. »

Qu'est-ce que j'avais pas dit là !

— Oui, euh, si c'est pour être emmerdés avec des gens qu'on connaît même pas. En plus, ça va faire du bruit et si ça se trouve, même des odeurs, protesta la cohorte angélique.

— Écoutez, les mecs, ici, c'est moi le Boss, alors j'fais qu'est-ce que j'veux, ok ?

Bon, ils l'ont tous fermé, y z'avaient intérêt, j'étais pas d'humeur. Alors, j'ai commencé à dessiner des plans, à en tirer, à en photocopier (si, on était équipés), j'en ai jeté, je sais pas combien. Le seul croquis que je regrette, c'est celui de la terre cubique. Je trouvais que c'était bien pratique, stable et tout. Mais bon, à l'unanimité de moi-même, j'ai fini par décider qu'elle serait ronde.

Au début, tout allait bien. C'était super beau. Je me baladais tous les jours dans mon grand jardin. Éden, que j'l'avais appelé.

Me d'mandez pas pourquoi, ça m'est venu comme çà. Mais, au bout d'un moment, les fleurs, les plantes, les arbres, bon, quand t'en as vu un ou une, tu les as tous vus. Surtout que l'éternité, c'est long, surtout vers la fin (1). Je commençais sérieusement à m'ennuyer. J'aurais pu inventer la télé, mais quand je vois le résultat aujourd'hui. Ou une fusée spatiale, je sais pas, moi. Ben, non ! J'ai été t'inventer : **L'être humain !**

Bon, le mec au début, sympa ! Je vois, y v'nait chez moi, j'allais chez lui, on prenait l'apéro, on jouait au 421, et pis un jour le vl'a qui sonne à mon nuage privé :

— Ouais, Adam, quesse tu veux ? Chuis occupé là (je faisais un golf avec Gabriel)

— Euh, voilà, Dieu, ben, j'ai tout c'qui faut, j'peux pas dire. J'ai une grotte F5, un mammouth perso pour faire mes courses, un super beau jardin, mais…

— Mais quoi, parle !

— C'est en dessous d'la ceinture, y a comme un défaut ! (2).

Compris ! J'avais inventé un prototype sexué, à courant alternatif, mais sans prise femelle. L'erreur…!

— No souçaille, j'te prépare ça pour demain. En attendant, donne le bonjour à ton orang outan, y dis-je.

J'ai bossé toute la nuit. *(Ah, non, à l'époque j'avais pas encore inventé)* Enfin, bon, j'ai bossé. J'ai jeté dix-huit croquis. Le premier, genre Arlette Chabot et enfin, Claudia Schiffer.

(1) Woody Allen.

(2) Fernand Raynaud.

Le Adam, y s'pointe le lendemain. J'y montre les croquis. Y va pas me choisir Arlette ! J'y dis : « — Mais, putain, fais gaffe, y en a des mieux, quand même !

— Chuis pressé, qu'y m'dit.

Bon, finalement j'ai convaincu Adam de prendre la Schiffer. Mais, fallait lui trouver un nom. J'avais entendu un truc à la radio, que j'avais bien aimé, c'était : *Ève lève-toi !* Entre deux pubs pour des nuages soi-disant garantis éternellement en synthético. (J'y crois pas à ces trucs là, mais bon…) Toujours est-il, que le lendemain, la Ève était prête, astiquée et tout. Le Adam, tout content, y m'dit : -« J'vais l'essayer, si ça va pas, elle est garantie ? Et y s'barre avec, sans dire merci. J'te jure les jeunes…

***

LA GENÈSE Tableau 2

Tout s'est bien passé, Moi merci. Jusqu'au jour où Gaby me dit : « — Dites donc, mon Dieu, ça fait un moment qu'on n'a pas vu vot'voisin, l'père Satan.

— Mon Moi, mais c'est vrai, j'espère qu'il est pas malade. Prends ma mob et pousse jusqu'à chez lui, pis dis-y qu'y passe prendre l'apéro.

Une heure après, tout le monde était là. J'avais fait prévenir les Adam's and Ève, Chita et son gorille.

Satan avait l'air renfrogné. Y m'dit –« Dis donc toi, quand tu crées, ça te dérangerait de m'demander mon avis ? J'te signale que j'habite à cent cinquante mètres des nouveaux locataires et c'est pas d'la tarte ! Y font la nouba tous les soirs, et que j'te mets le Dance Floor à donf, et que j'te rigole jusqu'à plus d'heures. T'as beau taper au nuage, y s'en foutent !

— C'est vrai, Ève ? m'enquérais-je.

— Y fait hièche ce con, il a qu'à v'nir avec sa meuf, demain c'est mon moiversaire, j'invite ! dit l'ingénue. *(Elle venait d'inventer les gros mots.)*

— Ton quoi ?

— Mon moiversaire ! Ben, ça fait un mois que vous m'avez créée, non ?

— Euh, oui, bon… Satan, un p'tit Chivas ? Sers-toi y a des chips, détournai-je l'attention (la tension).

C'était pas gagné, la cohabitation.

— Et toi, Adam, tu dis rien ? hélai-je my first man.

— Ben franchement, si j'aurais su, j'aurais pas v'nu. V'là que Madame è veut qu'on aille au mammouth, demain sam'di, alors que tous les autres jours c'est calme. Mais non, Madame décide, Madame organise …

— Oh, mon Choupinou-Adamou, pour me faire plaisir, larmoya la belle Eva.

Satan saisit la balle au bond. « Mais, je me ferai un plaisir de vous accompagner, chère Madame, ainsi nous pourrons faire plus ample connaissance et oublier ce malentendu.

Ce qui fut dit fut fait. Je leur avais juste indiqué de ne pas s'arrêter au rayon des pommes, même en Promo.

— Ben, pourquoi ? bêtifia Ève.

— Mon Moi, c'est comme çà, cherche pas à comprendre, Èvy, tu sais très bien que mes voies, bien que sans péages, sont malgré tout impénétrables.

Le lendemain, Adam vint faire un poker avec Moi, tandis que Satan et Ève allaient faire les courses. Évidemment, j'aurais dû m'en douter, le démoniaque Satanas préparait un coup fourré. Arrivé au rayon des Golden, y fait :

— Putain, cinquante centimes d'euros le kilo, c'est donné, j'vais en prendre …

— Oui mais, Dieu a dit, pas touche ! lui susurra Ève.

— Si personne lui dit, y saura rien. Tiens, v'là mon pote Serpentin ! Comment tu vas, mon vieux ?

— M'en parle pas, mon Satanou, j'ai eu une engueulade par le Boss ce matin, les bras m'en sont tombés et j'ai les jambes coupées !

— Ben, je vois, oui, mais comment tu fais alors, au niveau de la hiérarchie ?

— Je rampe, qu'est-ce tu veux que j'fasse, c'est çà, ou la porte, alors, je rampe …

— Une petite pomme, pour te remonter la pêche ? Je vois qu't'as pas la banane.

***

Tout se passait donc à peu près bien. Je ne fus au courant de l'histoire des pommes que beaucoup plus tard. Mais, un matin, je vois mon Adam qui s'amène avec la Ève tirée par les cheveux sur une peau d'auroch. J'y dis –« Qu'est-ce qui y a encore, t'es tout vert, Adam ! (1)

— Rien, qu'y m'dit, c'est juste pour une révision des 5000.

(1) Je ne pouvais pas la rater, celle-là, quand même.

— Déjà ! Mais tu vas l'user …

— C'est pas ça, mais si on pouvait améliorer un truc, là.

— Quel truc ?

— Ben, là, au niveau du torse, c'est plat, comme moi. Et j'aurais bien aimé avoir quelque chose à me mettre sous la main. Les deux, même, si c'est possible.

Un peu chiant, quand même, l'Adam …

— Bon, viens avec moi, on va voir le chef d'atelier, dis-je alors à ma créature : « -Euh, Raymond, excuse-moi, mais y a un client qu'est pas content du modèle que tu lui a fabriqué.

— Kesskiveu, c'con là, c'est pas les Galeries Lafayette ici.

— Raymond, excuse-moi, mais le client a toujours raison. Il voudrait que tu mettes sur le torse, quelque chose à palper.

— À palper ? Mais, qu'est-ce qu'y veut palper, ce nase ?

— Je sais pas, Raymond, qu'est-ce que t'as en stock ?

— Ben, j'ai une caisse qui vient d'arriver par Nuagissimo, je sais même pas ce qu'il y a dedans !

— C'est marqué dessus, Raymond : ***Roploplos***, t'as qu'à lui en coller un et pis c'est marre … (1) (2)

Adam intervint :

— Euh, excusez-moi, dit-il ingrat, mais si vous pouviez en coller deux, ça m'arrangerait.

(1) Merci à Daniel Prévost. (2) …et à Florence Foresti.

Adam repartit donc avec sa Ève améliorée, tout content. Dans la matinée, je reçus la visite inopinée de Serpentin.

— Que puis-je faire pour vous, jeune rampant ?

— Ben, c'est pour m'excuser, pour l'aut'jour, vous avez bien fait de m'engueuler, my God, je le méritais et j'étais venu voir si vous pourriez me remettre sur pieds. D'autant que j'ai un scoop pour vous.

— Ah ? Voyons çà …m'émoustillai-je.

— Ben, l'aut'jour, au mammouth, j'ai vu la Ève et Satanas qui bouffaient des pommes.

— What ! Are you sûre ?

— Yes, my God !

Je décidai de faire appel à Gabriel, mon premier adjoint. Un coup d'étoile filante plus tard, Gaby accourut.

— Convoque-moi ces deux misérables vers de terre immediatly !

L'Adam et la Ève, tout penauds, têtes basses, devant moi.

— Qu'est-ce que vous avez foutu, bordel de merde de nom de Moi ! *(Oui, je sais aussi être grossier)* Je vous avais dit de pas toucher aux Starkings, qui c'est qu'a eu l'idée ?

(En chœur) : C'est Satanas !

— Le pourri ! Y va m'le payer…Quand à vous deux, votre compte est bon. Alors toi, Adamsky, j'te paye une nouvelle meuf avec roploplos aérodynamiques et toi la Ève un super casque branché en permanence sur Fun Radio pour ton Dance Floor et ben, à partir de maintenant : ***Vous irez bosser pour vous payer tout cà !*** Et dès à présent, je vous augmente le loyer ou vous dégagez !

LA GENÈSE Tableau 3

(Adam raconte)

Le boss était salement en pétard contre moi et Ève. J'étais allé sur son cumulus de campagne, un week-end, mais il me fit dire qu'il n'était pas là. J'étais dans la mouise à cause de cette écervelée d'Ève. Quelle conne aussi d'aller bouffer ces pommes sous prétexte qu'elles étaient en promo. En plus, God nous avait virés de la grotte, du coup c'est moi qui y étais *(dans la grotte)*. Je savais rien faire, pas de formation, néanmoins j'entrepris de graver quelques C.V. sur des rochers voisins. Je demandai à Dinau, un pote brontosaure, de bien vouloir me les distribuer non affranchis, vu que j'avais pas de blé non plus, ne sachant pas le faire pousser. Tous les matins, j'allai relever la poche du kangourou, mais… rien, nada ! Je décidai donc de retrousser les manches que je n'avais pas et d'entreprendre le monde. Pour tout arranger, Ève m'annonce un soir :

— Tu sais quoi, choupinou, chuis en cloque !

— Mercredi ! ne puis-je m'empêcher d'exclamer, alors même que la semaine de 35 heures n'était pas encore inventée ; et comment tu te sens ?

— Caïn, caha …

La situation devenait cornélienne avant l'heure. Mais, j'étais décidé à me battre. J'avais beau faire toutes les grottes alentour, impossible de trouver un job. Bon, y a bien une famille d'orang-outan qui m'aurait embauché comme baby-sitter, mais ils voulaient me payer en bananes. J'avais déjà eu assez de problèmes avec les pommes. Et puis moi, les moutards des autres…

J'avais loué un studio-grotte, récemment libéré par une famille de chauve-souris, mais je songeai à trouver plus grand, d'autant que la famille s'agrandissait encore. Après notre petit Caïn arriva Abel …

Monsieur Serpentin me proposa rapidement une situation : **Destructeur de planète.** Je ne comprenais pas bien quel serait mon travail, mais désormais associé à M'sieur Satanas, Serpentin assurerait ma formation. Je fus embauché à la *Lucifer's and Co.* Un matin, alors que je prospectais la région à la recherche de quelque chose à détruire, je me trouvai nez à nez, avec un autre moi-même, exactement semblable, sauf qu'il était noir. Ma stupeur passée, j'essayai de faire connaissance.

— Bonjour, moi y en a être Adam, premier homme sur la terre, toi y en a être qui ? Et pourquoi toi y en a être noir ?

— Permettez-moi de me présenter, mon nom est Léopold, voici mon épouse, Grâce Jones. Bien que ne comprenant quasiment pas votre langue, j'essaierai de m'adapter. Voulez-vous dîner avec nous ce soir ? m'assena-t-il.

*

LA GENÈSE TABLEAU 4.

(Dieu raconte)

Après l'échec subi avec Adam et Ève, je ne souhaitais pas en rester là. Surtout que j'étais la risée de Gabriel et sa clique, ainsi que de Satan, trop content d'avoir réussi son coup. Je fis convoquer mon chef d'atelier.

— Euh, Raymond, excuse-moi mais, je vais te demander de me faire un duplicata des deux abrutis que j'ai foutu à la porte d'Éden Rock.

— No souçaille, Boss, j'ai gardé le moule, je vous refais une cuisson pour demain matin. Onze heures, ça vous va ?

— Ok, man ! Ah, non onze heures c'est l'apéro, je pourrais un peu avant si tu veux.

À dix heures trente, j'étais à l'atelier. Le Raymond semblait vachement ennuyé, pour ne pas dire mieux.

— Toi, t'as pas réussi à me faire le proto, hein, Ray ? pérorai-je.

— Non, non, c'est pas ça, boss, j'en ai même fait trois couples, mais je sais pas si ça va vous plaire, vu que je les ai un peu oubliés dans le four …

Et là, devant mes yeux ébahis, il ouvrit trois Sarkophages. (1) Dans chacun d'entre eux, un couple gisait. Le premier jaune, le second rouge et le troisième « *Ébène totale de chez l'Oréal...* »

— Mais, quesse t'a foutu, bordel de merde de nom de Moi ! T'étais fin bourré ou quoi ?

— Non, Patron j'vous jure, mais y avait un match hier au soir : Kangourou United contre Rhino Juventus et y a eu des prolongations. C'est pour ça, je suis rentré plus tard que prévu et…

Je décidai de garder quand même les trois couples que je disséminai sur la planète. J'imaginais qu'ils feraient des enfants et seraient heureux sur cette belle terre que je leur avais offerte. Mais Satanas recruta à tour de bras pour sa multinationale en offrant des stock-options. Et le résultat de tout ça, aujourd'hui, ben… c'est vous ! Vous comprenez pourquoi il pleut, quand je pleure…?

(1) *Spécialité Hongroise.*

Début de la **FIN**

À suivre : **TROUBLANTS TROUS NOIRS.**

TROUBLANTS TROUS NOIRS

Avertissement :

Ce texte est une supercherie. Toutes les données scientifiques et métaphysiques sont fausses (J'y comprends rien ...) Elles m'ont été transmises, sur plaques de cristal, par mon grand-oncle le célèbre Charles-Edouard Dudonchêne, poète Intergalactique (1792- 8569) qui, comme chacun sait, voyage dans le temps et l'espace ainsi que dans les distilleries Irlandaises. Dont acte.

WASHINGTON 15 Fémembre 7562.

Après le bug informatique monstrueux des frères Bogdanoff, il ne restait plus sur terre que deux morceaux de continents, l'Amérique du Nord et l'Afrique du Sud. Une simple erreur de décimales, tout ça pour prouver qu'Einstein, n'était qu'un gros rigolo tout juste bon à tirer la langue aux gamins qui se moquaient de sa chevelure ébouriffée. Enfin, bon, c'est fait, c'est fait ! On va pas revenir là-dessus, que celui qui n'a jamais fait d'erreur… Mais l'engloutissement desdits continents avait fait monter le niveau des mers.

À New-York la statue de la Liberté avait largement les pieds dans l'eau jusqu'aux coudes. Le gouvernement mondial de Washington avait décidé qu'il était temps d'aller voir sur une autre planète s'il y avait de l'oxygène ou éventuellement une fabrique de scaphandres. Deux internautes, Lauragavitch et Isangrounoff, furent convoqués au bureau central de l'*ASSEDIC (Association Sans scrupules Servant En priorité Des Intérêts Crapuleux)* par le Colonel Marthynson.

— Bon, les gars, j'vais pas vous la jouer, on est dans la mouise. Y faut déménager dare-dare, sinon fissa. Y a un gus qu'a repéré une planète, pareille à la nôtre avec atmosphère, soleil, lune, Pmu et tout l'bazar. Faut qu'vous z'allez la explorer.

— Comme vous causez bien, Chef ! Et, où c'est qu'elle est-t-y c'te plantoche ?

— Mfff, bof, deux fois rien, cinq années lumières d'ici, 50 ans aller, 50 ans retour, si y a pas de bouchons.

— Cinquante ans ? Faut que j'prévienne à la maison qu'y m'attendent pas pour bouffer, alors …dit Lauragavitch. (1)

— Y avait plus près, mais on captait mal TF1.

— Mais, est-ce qu'y a du soleil et des Nanas là, dis ? demanda Isangrounoff.

— Sur Rladada ? Bien sûr les gars ! Je veux juste que vous alliez repérer les lieux, voir si c'est pas trop crade, que j'envoye une équipe de nettoyage avec du Cillit Big Bang ou quoi que ce soit !

Pour vos hublots, faites appel à Carglass en cas de problèmes, ils se déplacent et en ce moment ils vous offrent les essuie-glaces pour chaque intervention, profitez-en. Je compte sur vous les gars !

— Et, c'est quand est-ce prévu pour ? demanda Isangrounoff

— Demain matin à 18h30 de l'aube.

— Faudrait pas qu'on aille chez l'dentiste ou chez l'coiffeur !

(1)Le temps de vie s'étant allongé dans les années 7000, l'homme moyen dépassait largement les 250 ans quand il prenait sa retraite à taux plein.

— Certes Lauragavitch mais, dois-je vous rappeler que les humains n'ont plus de dents ni de cheveux et que, par conséquent, les rencarts à l'Arracheur et au Merlan (1) ne sont que billevesées. Aucun bagage à faire, vous aurez vos *Tuniques passe-temps* et chacun un Kinder Bueno pour vous encourager. Vous vous apercevrez de rien que dalle. Ah, une chose encore : Si, par hasard, y avait des habitants habitués, habituellement à habiter cette étoile *: Foutez-moi ça dehors !*

***

TROUBLANTS TROUS NOIRS *(Trou n° 2)*

Cinquante ans aller, cinquante ans retour, ça pouvait paraître long comme ça, mais, en fait c'était plutôt pour les terriens. En effet avec leurs combinaisons spatio-temporelles à induction circonflexe rétrocédée, les astronautes ne mettaient que 5 heures pour chaque voyage. Le seul problème c'est qu'à l'arrivée - quand ils arrivaient - ils n'avaient plus le même interlocuteur terrestre qu'au départ, forcément.

Le Colonel Marthynson, bien qu'encore tout jeune - à peine 185 ans et demi - avait décidé d'anticiper sa retraite. Il y gagnait à peine 75 ans, mais bon, chacun voit midi à sa fenêtre K par K. Lauragavitch et Isangrounoff, eux voguaient peinards en direction de Rladada.

— Dis-donc, qu'est-ce qu'y a comme trous noirs sur ce parcours ! S'inquiétait Lauragavitch.

— Normal c'est un parcours 18 trous, le renseigna Isangrounoff.

— Kesse t'as pris à bouffer ?

(1) Dentiste et Coiffeur en argot.

— Kesse j'ai pris ? Mais rien, je croyais que tout était fourni !

— Tu parles, dans le congélo y a que des steaks lyophilisés de brontosaure et des œufs en poudre d'ornithorynque ! Et en plus y sont périmés …

— Les vaches, quand même !

— Les quoi ?

— Les vaches. C'est une expression de famille qui vient d'un de mes aïeux. Paraît que c'est des animaux qu'ont même existé et tout et tout, qui donnaient soi-disant un liquide blanc que buvaient nos ancêtres, du Lé ou du Lhay, quelque chose comme ça.

— En attendant j'ai la dalle. J'ai fini mon Kinder bueno. Dieu merci on n'a pas de voisine comme Jo Wilfried Tsonga. J'vais faire une sortie, voir si je peux pas harponner un zyglotruffe ou une aubrèche, devrait y en avoir en cette saison.

— Sortir ? Mais, tu sais à combien on file, là ?

— Pas grave, je m'accrocherai à mon épuisette cyclothymique

— *Ici la terre, ici la terre, répondez bande de gueux !*

— Ouais, ici Isangrounoff, qui c'est qui cause ?

— PetitLapinPervers, je suis l'arrière petit-fils du Colonel Martynson qu'a pris sa retraite.

— Pfft, m'étonne pas, tous des planqués dans l'armée !

— Je vous appelle pour vous signaler que vous aller traverser un orage O-D-16 POAR, faites gaffe les cocos !

— Putain ! Un orage O-D, dit Lauragavitch

— Et 16 POAR, en plus, ajouta Isangrounoff.

— Finalement, j'vais bouffer un morceau de Bronto, avant l'averse cosmique.

— Kesse qui y a à picoler ?

— Du *Nasa-Cola* **®** sans bulles. (1)

— Passe la boutanche …

***

TROUBLANTS TROUS NOIRS *(Trou n° 3)*

Lauragavitch et Isangrounoff se connaissaient depuis peu de temps. En fait, à peine 105 ans. On ne peut pas dire que c'étaient de vieux amis. Ils avaient déjà fait une autre mission ensemble quand il avait fallu coloniser Orion pour installer des usines de margarine avec Oméga 3 incorporé. Mais, ils étaient solidaires et c'est ce qui comptait.

Lauragavitch s'inquiétait de la longueur du dernier trou noir. Le 18 ème …

— Je trouve qu'il est un peu longuet ce trou, non Isan ?

— Meuh non, t'as qu'à regarder la télétique flottante, y a la StarWarAcademy sur la 1092.

— Aucun intérêt, y a pas de Pub.

Mais Lauragavitch avait raison d'être inquiet. Il regarda sa glounoche à répulsion concentrique.

(1) *Marque déposée, mais on se rappelle plus où.*

— On devrait être arrivé depuis 3 ans maintenant !

— Meuh …

— Ouais, je sais, meuh non, n'empêche, il se fait tard dans le noir !

Isangrounoff avait beau rassurer son collègue, il n'en menait pas large. Ce trou noir n'en finissait pas.

— Appelle la terre qu'on nous donne notre position, suggéra Isangrounoff.

—Attends, je connecte le bistruc au modem ambivalant circonstancié, dit Lauragavitch … Allô, la Terre ?

— *« Lasciatemi cantare, con la chitarra in mano lasciatemi cantare sono un Italiano … »*

— C'est quoi ce truc ? Allez la Torre, euh… Allô, la Terre, c'est quoi ce cirque ?

— *« Allez, viens boire un p'tit coup à la maison, y a du pain du fromage du saucisson, du Beaujolpif … »*

— Euh… Y a un anniv' ou quoi là ? Dites on est dans un trou noir troublant car il ne finit pas, qu'est-ce qui faut qu'on fait ?

Aucune réponse ne leur parvint de la planète bleue.

— Lauragavitch …

— Oui, Isangrounoff ?

— On est foutus, Lauragavitch !

***

TROUBLANTS TROUS NOIRS *(Trou n° 4)* ...et fin.

Finalement, Lauragavitch et Isangrounoff posèrent leur fusée constellée d'autocollants publicitaires sur Rladada avec moins de retard que prévu. Quatre ans seulement. Compte tenu des 5 ans du voyage ils marchèrent là où la main de l'homme n'avait jamais mis les pieds, au bout de seulement 9 ans. Commença alors l'exploration minutieuse de la planète. Lauragavitch mourrait de faim. Heureusement un panneau cheminet *(Plus petit qu'un panneau routier)* indiquait un MacQuick à 200 glamèches.

— Ça fait combien en kilomètre, un glamèche, déjà? Se renseigna Isangrounoff.

— Tais-toi et marche ...

Isangrounoff avait du mal à marcher car il avait l'estomac dans les talons et ça lui faisait mal aux pieds. Dix secondes-lumières plus tard, ils trouvèrent l'établissement. Ils s'y précipitèrent.

— Deux Big à emporter, deux Sunday laitue-fraise et deux jus d'artichaut...vite !

— Hé, ho, vous sortez d'où les péquenots ? Attendez votre tour. Non, mais j'te jure ! dit le manager en chef.

— On vient de la planète terre pour vous coloniser, dit Isangrounoff qui n'en loupait pas une.

Il reçut un discret coup de pied dans les genoux de la part de son collègue qui n'avait pas pu lever la jambe plus haut.

— T'es dingue Isan ! Fallait pas leur dire, on devait leur faire la surprise ...

— Ah, ouais ? Colonisés ? qu'y dit le mec en chef. Ben, vous savez quoi, mes lascars, vous allez passer en cuisine, y a des Gnaflouches à éplucher en attendant la colonisation.

Isangrounoff et Lauragavitch en choeur :« — Ah non merde ! Pas des Gnaflouches ...!!! (1)

— *Ici la Terre, ici la Terre, répondez les siamois !*

— Oui, Lauragavitch au tétraphone…

— Comment ça se passe la colonisation alors ?

Lauragavitch éclata en sanglots.

— Y font rien qu'à nous embêter et y veulent pas se laisser coloniser, bouh hou hou !

— Bon, pas grave. Vous z'avez qu'à aller ailleurs, y a une autre plantoche à 19 allées numières.

— Allées numières ?

— Oui on a changé, ça fait plus mieux bien, on trouve.

— Ah, bon. Et... pour le carburant ?

— Comment ça, le carburant? Vous êtes à sec? Mais c'est impossible avec le Supersanploniquegazoilé XZ 192 bis, kesse vous z'avez foutu ?

— C'est à cause des trous noirs ! Je sentais bien qu'ils z'étaient pas clairs, dit Lauragavitch, y nous ont bouffé l'énergie.

(1) *La Gnaflouche est une sorte de pomme de terre. Sa particularité est d'avoir dix huit couches de peaux d'épaisseur différentes, alors bien sûr, pour les éplucher ...*

— Ah, ben démouchez-vous, on va pas vous envoyer une dépanneuse. On n'est pas chez M.M.A. ici !

Et c'est ainsi que nos deux amis astronautes finirent leur vie comme esclaves des Rladadins à éplucher tous les jours des tonnes de Gnaflouches. Triste destin pour ces deux hommes qui, comme l'exigeait la loi sur Rladada, durent épouser chacun cinq femmes.

— Déjà que j'm'en sortait pas avec une, dit Isangrounoff, j'espère que c'est pas moi qui f'rait la vaiselle ...

C'est alors que Lauragavitch prononça cette phrase extraordinaire dans un tel contexte:

— Si j'aurais su, j'aurais pas v'nu.

— Tu l'as dit bouffi, ajouta Isangrounoff.

— Meuh non ! lui dit Lauragavitch, meuh non !

Trou **FINAL**.

à suivre : **LE ROI SOLEIL & MOI.**

LE ROI SOLEIL & MOI.

Je suis très ami avec le professeur Amédée Dutchmurtz de Leipzig, très connu pour ses travaux sur les voyages dans le temps. Je lui ai demandé, pour rire, de faire venir le Roi Soleil en ma demeure. Il a pris ça pour un défi et... il a réussi !

Me voici donc avec sa majesté au pied du bâtiment H, escalier C de la *Cité des Loubards en Fleurs*. Je suis très impressionné, lui aussi, car il ne comprend pas le décor.

— Qu'est-ce donc ce bâstiment fenêstré comme enclos à lapins ? s'inquiète sa Majesté.

— Sire, ne restez pas là, prenons l'ascenseur.

— Quelle est donc cette diablerie qui met dans les talons mon royal estomac ?

— C'est en remplacement de l'escalier d'honneur, Sire, nous voici au 14e étage - *hé, oui, je ne pouvais pas faire moins!*- Entrez dans ma modeste demeure Sire, installez-vous sur le canapé.

— Quel curieux aquarium où sont enfermés ces manants, qu'ont-ils diable fait?

— Euh, c'est la télévision, je vous expliquerai un peu plus tard, Majesté.

Comme j'avais en réserve quelques disques vinyles, je décidai de lui faire écouter un peu de musique.

— Sire, je vais vous faire écouter un 30 centimètres génial !

— Que nenni !

— Comment ça, que nenni?

— Ah, c'est une félonie ! Car l'on ne peut escouter des centimètres. Ce ne sont là que sornettes, balivernes et billevesées. Et comment Diable peuvent-ils être désignés comme génies?

(Bon, ben, y a du boulot ! pensé-je.)

Je décidai alors, de l'amener à Versailles, voir ce qu'était devenu son château. Il fût d'accord.

*

— Est-ce là votre carrosse, messire ? me demanda sa Majesté.

— Euh, ben, oui.

— Les chevaux ne sont pas prêts, faites fouestter l'intendant !

— Mais, c'est que... les chevaux sont à l'intérieur, Sire.

— Morbleu ! C'est vous que l'on fouestera, scélérat ! Enfermer les chevaux dans un espace réduit, vous êtes fol !

***

LE ROI SOLEIL & MOI.

Après quelques explications sommaires, et mal digérées par le Monarque ensoleillé, nous primes la route. Au début, panique du souverain à cause de la vitesse de mon char (comme il disait!) en fait, la toute dernière Kangoo. Puis, petit à petit, il y prit goût :

— Messire Marthy, fouestez donc les chevaux, nous avançons comme colimaçon!

— Mais, Sire, la vitesse est limitée à 60 Kilomètres à l'heure.

— Fichtre, diantre, morbleu ! Qu'à cela ne tienne, je commande les Archers et saurai les assouager.

J'accédai donc à sa requête et fis une pointe à 110, quand soudain retentit un sifflet magistral, celui de deux blacks CRS, en planque.

— Sire, nous devons nous arrêter, c'est la Police.

— Que nenni, nous sommes attaqués par les Sarrasins !

— Euh, on va se prendre une prune, c'est certain.

— Point de reines-claudes, mon royal estomac ne les supporte guère.

— Non, je veux dire, on va finir en taule !

— Sachez, jeune impétueux que je ne suis qu'en or !

— Certes, Sire, certes...

Après quelques démêlés avec les forces de l'ordre, nous pûmes repartir.

Arrivés à Versailles, la cour d'honneur était remplie de Japonais, avec au cou des appareils photos qui lâchaient des flashs.

— Un orage se prépare sur mon château ! dit le monarque.

— Mais, non, c'est... non, rien.

— Faites mander Dame de Montespan, je languis de la rencontrer.

— Euh, elle est absente aujourd'hui, Sire.

— La Vallière, alors!

— Elles sont ensemble...

À l'entrée du château, un huissier emmédaillé nous arrêta et s'adressant à moi :

— Vous ne pouvez rentrer, Monsieur, accompagné d'un travelo.

— Qu'est-ce à dire, palsambleu ! s'écria Loulou 14.

— Rien, Sire, Monsieur dit que c'est en "travaux"

— Faites mander mes architectes!

***

LE ROI SOLEIL & MOI

Louis XIV commençait à apprécier notre époque, il était comme un gamin voulant toucher à tout, et ce n'était pas une mince affaire que de l'en empêcher ! Un jour, le téléphone sonna à la maison, il décrocha avant que je le fasse moi-même.

— Ici Louis le Quatorzième, que voulois-vous, maraud ?

C'était mon banquier qui me rappelait mon découvert.

— Fichtre, diantre, vous serois écartelé au prochain matin, d'ennuyer messire Marthy !

— Non, non, laissez, Sire ! Allô, Monsieur Berthier, je passe couvrir aujourd'hui, Non ce n'est rien, c'est mon cousin qui est un peu demeuré ...

— Nous irons le pendre haut et court, ce faquin ! insista sa majesté.

— Calmez-vous Sire, voulez-vous boire quelque chose?

— J'aimerais de nouveau goûter ce breuvage, venu des Amériques lointaines et pestillant.

— Ah, ouais, un Coca !

— J'aimerais dès ce soir, voir quelques maraudes en chaleur, me mèneriez-vous à certain bordeau ?

— Oui, Sire, ce soir nous irons à Pigalle !

J'amenai donc le bon Sire dans le quartier chaud de la capitale, ainsi qu'il m'en avait prié.

— Messire Marthy, choisissez-moi deux ou trois gredines et pucelles si possible.

— Oui, heu, Sire, gredines on peut voir, mais pucelles ça va être plus compliqué…

Je laissai donc sa majesté aux mains de trois demoiselles sur lesquelles il avait jeté son dévolu. L'une l'interpella :

— Tu payes comment pépère, avec ta moumoute?

— Crédiou, j'ai de l'or sonnant et trébuchant, ribaude !

— Ton copain vient aussi, ma poule ? enchaîna l'effrontée.

Mais je préférai attendre le Roi Soleil devant un demi-panaché. À sa sortie, deux heures plus tard, Loulou 14 était en pleine forme.

— Ah, Messire Marthy, j'ai grand faim, connaissois-vous quelque gargote?

Il y avait un MacDo, sur le trottoir d'en face, j'y entraînai le souverain. Dès que nous fûmes à l'intérieur, bourré de monde, Louis se mit à hurler : « — *Que l'on fasse venir mes gens, mes matrones et cuistots car j'ai grand faim. Et pour commencer que l'on me fasse rôtir 5 ou 6 bécasses, deux ou 3 poulardes, quelques pâtés de faisan, pour les entrées, je choisirai plus tard mes plats de résistance!*

La caissière éberluée me demanda : « —Faut-il que j'appelle la police, Monsieur?

— Non, non, donnez-nous deux bigMac, deux Cheese, et deux grands cocas.

— Sur place ou à emporter?

— Euh, à emporter, je préfère !

Nous rejoignîmes le square de l'autre côté de la rue et j'invitai sa Majesté à s'asseoir sur un banc. Sur lequel, d'ailleurs, se trouvait un clodo légèrement éméché qui s'adressa à moi :

— Hé, Pépère, tu d'vrais pas sortir avec ta grand-mère, la nuit, ça peut être dangereux!

Je me retournai, outré, pour voir la réaction de Louis, mais il n'était plus là. Faisant quelques pas, je trouvai Sa Majesté 14 accroupi derrière un buisson, le pantalon baissé.

— Mais enfin, Sire que faites-vous?

— Je défèque, mon ami, je défèque. Vous siérait-il de torcher mon Royal fondement ? (1)

— Euh, non merci Sire, sans façon ...

— Je devrais vous faire pendre haut et court ou écarteler pour avoir refusé cet insigne honneur.

— C'est sire, sûr ! (Euh, non, le contraire) Mais venez, rentrons en ma demeure, nous ferons de la vitesse, puisque vous avez pris goût à ma Kangoo.

Arrivé dans mon HLM, j'appelai au téléphone le professeur Dutchmurtz, pour qu'il veuille bien renvoyer à son époque le bon Roi Soleil, car il m'avait largement et royalement épuisé. J'ai une photo sur ma télé, où nous sommes tous les deux, mais curieusement, à chaque fois que je la montre, on me demande l'adresse de " Chez Michou".

(1) Authentique, c'était un honneur de torcher le Roi Louis XIV réservé uniquement à la haute Noblesse.

FIN Royale.

À suivre

LE DÉTECTIVE

Détective stagiaire, sous le pseudo de BRETT MARLOT.

LE DÉTECTIVE

Brett Marlot

J'avais loué ce bureau, sur la Promenade des Anglais, sans grande conviction. Mais il me fallait une adresse de prestige. Le loyer n'était pas aussi cher que je l'aurais cru, surtout à cause du vacarme émanant de l'intense trafic de jour comme de nuit. J'étais au sixième étage récepteur de tous les bruits. Les minces cloisons qui me séparaient de mes voisins, n'arrangeaient pas mon sort. Mais j'avais une plaque en cuivre superbe à l'entrée de l'immeuble. Et c'est ce qui comptait avant tout.

Mardi, dix heures quarante-cinq premier appel téléphonique.

— Bonjourrr, vous êtès bien lé détectivé ? *(Très léger accent slave)*

— Pour vous servir, Madame.

— Pouis-jé prrrendre rendez-vous ?

— Laissez-moi consulter mon agenda …

L'agenda en question était vide de toute écriture, mais je pris le temps de faire semblant de le consulter.

— Voyons,est-ce que Jeudi à dix-sept heures vous conviendrait ?

— C'est qué…c'est ourrrgent !

— Je suis désolé, mais je suis complet pour la journée. À moins que…Vingt et une heures sur la terrasse du Ruhll, je dîne seul, ça vous irait ?

— C'est parrrfait, j'y sérai.

— Quel est votre nom ?

— Prrrincesse Syskaïa.

Waouh ! Une princesse Russe pour ma première affaire à cette nouvelle adresse. J'étais vraiment verni.

**

La terrasse du Ruhll avec ses lumières tamisées était un enchantement. Je réservais toujours la même table avec vue sur la Baie des Anges, un régal ! Georges, le Maître d'Hôtel, vint me prévenir que mon rendez-vous était là et en profita pour me représenter mon ardoise des trois mois précédents. J'allai à la rencontre de ma future cliente, au bar, et me fendis d'un baisemain comme je n'avais jamais su les faire.

— Jé souis rrravie, Messié Marlot *(C'est le pseudo que j'avais pris, en référence au célèbre Marlow. Jean-Pierre Chambon, ferait moins d'effet sur une carte de visite et sur une plaque en cuivre.)*

— Appelez-moi Brett, je vous en prie.

Je la fis asseoir à notre table.

— Souhaitez vous un cocktail ?

— Oui, jé mors dé soif. Jous dé mélon au champagne …

Je demandai à Georges si c'était possible.

— Rien n'est impossible au Rhull, Monsieur Marlot, vous le savez, n'est-ce pas ? *(Faisait-il allusion à mon ardoise ?)*

En dégustant nos cocktails, (*J'avais pris le même pour être en osmose avec elle, c'est parfaitement dégueu !*) je lui demandai de me dire quel était l'objet de ce rendez-vous. Elle croisa ses jambes, ce qui, sa longue robe étant fendue, me fit découvrir le blanc laiteux de sa cuisse gauche.

— Brett, jé souis désespérrrée ! Mon mari, gros industriel Moscovite a disparrrou. Nous étions ensemble à Nice depuis une semaine, dans une souite misérrrable du Negresco, il est sorti acheter des Havanes mercredi dernier et n'est jamais révenou.

Mon portable se mit à sonner. C'était Bubulle, ma secrétaire *(ainsi nommée car elle mâchait du chewing-gum toute la journée)*

— Patron, vous avez besoin de moi, demain ?

— Évidemment, Bubulle, quelle question !

— Non, passque y a les soldes, avenue Jean Médecin et j'me disais…

— Oui, ben, ne vous dites rien, nous avons une affaire importante.

Il est vrai que je la payais seulement un mois sur deux, et encore, mais tout de même, quel culot !

Je revins à ma princesse qui avait réellement l'air désespéré.

— Pourquoi ne pas avoir appelé la police ? m'enquérais-je.

— Impossible, ici les Russes ont une mauvaise rrrépétation.

— Hum, réputation, peut-être ?

— Jé m'escouse de mon Frrrancé !

— Je vous en pris… À quelle heure est-il sorti ?

— Trois horès à peu près.

— À trois heures de l'après-midi, tout le monde l'a vu alors !

— Non, trois horès dou matin.

— Drôle d'heure pour acheter des cigares ! A-t-il un téléphone portable ?

— Oui, mais jé né connais pas lé noumérrro, cé sécret.

— Ok, on est bien ! Donnez-moi celui de votre suite dans cette gargotte.

— Souite Paradiso, pas dé noumérrro.

— Jé, heu… je passerai vous voir demain matin. Voulez-vous terminer mon cocktail, Princesse ?

— Jé n'ousais pas vous lé démander…

***

Le réceptionniste du Negresco était un ami d'enfance, nous avions fait la communale ensemble. Il copiait sur moi pour ses devoirs, il ne pouvait rien me refuser.

— Salut, Momo ! *(Il s'appelle Maurice)* J'ai rendez-vous avec la Princesse Machin-chose Skaïa, et je suis à la bourre !

— Salut, Jean-Pierre.

— Je t'ai déjà dit de m'appeler Brett, c'est pas compliqué, merde !

— Scuse, j'oublie toujours. Mais j'voulais te dire un truc à propos de la Princesse.

— Pas le temps, quel étage ?

— Avant dernier, mais écoute…

— Salut Mo, j'suis pressé !

Arrivé à l'étage, je trouvai la Princesse sur le palier, en larmes, un portable à la main.

— Que se passe-t-il, belle Princesse ?

— Mon marrri a été enlévé, j'ai reçou oune démande dé rançon.

— Racontez-moi çà …

— Lé typé il a dit : Tou donnes 100 000 $, ou on lé toue !

— Il y a un rendez-vous ?

— Oui, roue de L'hôtel des Postes à la poste centrrrale.

— À quelle heure ?

— Il a dit : Tou réouni lé fric et on té rappelle.

— Et vous avez les 100 000 $?

— Oui, mais pas ici, à Moscouskaïa.

— On n'est pas dans la merde !

— Brett, jé dois prendre l'avion et chercher les dollars.

— C'est une bonne idée, pourquoi pas ?

— Mais, jé n'ai pas l'argent pour l'avion… Brett, Brett reste avec moi, amore mio…

— Mais ! Vous parlez Italien ?

— Jé parle houit langues, plous une sécrrrète ! Mais j'ai faim, Brett, quand j'angoisse, j'ai faim ! J'ai fait demander un breakfast.

Dix secondes plus tard, on toquait à la porte.

— Oui, entrrrez ! roula -t-elle les R.

Et je vois s'affaquer mon Momo avec un chariot rempli de victuailles.

— Alors, Momo, tu fais aussi le room-service ?

— Non, Jean-P.., heu… Brett, mais faut que j'te cause …c'est pour ça, j'ai demandé à monter le chariot.

— Écoute, Coco, j't'aime bien, mais là, tu me les brises menu-menu, on verra ça demain.

— Mais Jean…heu, Brett, c'est important.

J'eus un mal de chien à me débarrasser de Momo, qui n'en finissait pas de servir le breakfast.

— Vous voulez-t-y encore un peu d'jus d'orange, ma Princesse ? *Brett, faut que j'te cause !* me susurra-t-il bouche en coin.

— Oui, je veux bien. Avec une goutte de Vodka et une cuiller de lait concentré, commanda la Princesse.

— Non, c'est bon, jeune homme, je servirai moi-même son Altesse, enchaînai-je.

***

— Brett, viens avec moi à Moscou, j'ai beaucoup dé Dollars là-bas, jé t'en prie, ne dis pas non…

— C'est-à-dire, je veux bien, mais pour les billets d'avion ?

— Avance-moi l'argent, amore mio, je te rembourserai tout sur place. Il ne faut que 10 000 € pour le voyage et nos frais.

J'appelai Audrey, ma secrétaire.

— Allo, Bubulle, c'est moi. On a combien sur le compte bancal, euh… bancaire de l'Agence ?

— Ouaff, hi hi, ouah, purée, je suis morte de rire ! On a exactement moins 12000 euros, trois mois de loyer en retard et vous me devez 6 mois de salaire, plus les congés payés sur 3 ans, ça ira ?

Je m'éloignai de la Princesse et dis à Bubulle à voix basse : *(débrouille-toi il me faut 10 000 € avant demain matin ... !)*

— Il est beau, lui ! Et oussque j'les trouve moi, les mille euros ?

— Dix mille, Audrey, pas mille !

— J'ai bien ma Tata, qu'a un truc chez l'Écureuil, mais j'sais pas si è voudra.

— Appelle tantôt, ta Tata.

***

LE DÉTECTIVE

J'avais demandé à Audrey de me rappeler, soit sur mon portable, soit sur le téléphone de la suite Princière. C'est lui qui sonna en premier. Je décrochai rapidement, espérant la bonne nouvelle.

— Allo, Brett, c'est Momo, descend au bar faut absolument que j'te cause.

— Écoute, Momo, tes histoires de fric ou de fesses, je m'en tape, t'as compris ? Alors fous-moi la paix et passe me voir au bureau la semaine prochaine, Ok ?

— Brett chéri, si nous allions déjeuner, j'ai toujours très faim quand je suis angoissée. Allons au Chantecler c'est sympathique et très simple, suggéra son Altesse.

— Oui, très cher aussi. Mais c'est vrai qu'il est treize heures, je n'ai pas vu passer le temps.

Deux heures plus tard, ma carte Gold introduite dans le serveur *(du Maître d'Hôtel)* nous regagnâmes le Negresco.

— Monsieur Marlot, vous avez un message de votre secrétaire, vous devez la rappeler à votre bureau, me dit le réceptionniste.

Je dégainai mon portable.

— Allo Bubulle ? C'est moi, alors ?

— Tata elle a dit : J'te les prête, mais tu pourras pas me les rendre, car je vais bientôt mourir, alors, profite, ma fille !

— Ramène-toi illico, au Negresco, au plus tôt avec les totos.

— Oh, Patron quel poète vous faites …

*

— Princesse, tout est arrangé, j'ai l'argent, réservez les billets par internet et partons au plus vite. La vie de votre mari en dépend.

À dix-huit heures, Audrey, ma fidèle secrétaire, apportait l'argent en espèces.

— Tata, elle dit que j'suis amoureuse de vous, n'importe quoi ! dit Bubulle en rougissant, mi cerise, mi fraise.

La Princesse semblait détendue…

— Amore mio, j'ai réservé les billets, le premier avion est à 10h, demain matin. Reste avec moi ce soir, mon Brettounet, Mijn liefde. C'est du Néerlandais, ajouta-t-elle.

La soirée fut délicieuse. Broutachkaïa *(C'est son prénom)* avait commandé un repas somptueux arrosé de Veuve Cliquot Ponsardin *(sans jus de melon)*. Nous étions soulagés tous les deux de la presque bonne fin de cette affaire.

— Tou mé dirrra, pour tes honoraires, Brettounet, que je paye à notré rétour.

À la troisième bouteille de champagne, je m'aperçus que j'étais dans son lit, nu, à côté d'elle, dans le même appareil. Elle s'offrit à moi sauvagement puis, elle me proposa une dernière coupe « avant de dormir ». J'acceptai mais je trouvais comme un goût amer à ce dernier verre.

***

— Monsieur, Monsieur, réveillez-vous, il est midi, vous devez libérer la suite.

— Libérer qui ?

— La suite, Monsieur, elle était louée pour 24 h depuis hier midi.

— Où est la Princesse ?

— Quelle princesse Monsieur ? Voici la note pour ces 24h, Monsieur.

— Puis-je vous régler en espèces ?

— Certainement, Monsieur…

— Bon sang, mon portefeuille ! Et ce mal de tête ! La vache ! J'ai compris, elle m'a drogué et s'est tirée avec le fric ! Appelez la Police, euh, non, appelez Maurice…

Momo fit son entrée dans la chambre, sourire en coin.

— J'ai voulu t'avertir, mon Brettounet, c'est une professionnelle, elle nous amène des gogos comme toi trois fois par an. Bonne cliente.

FIN.

CINDERELLA 95

L'amour par internet.

Novellette *(Nouvelle ultra-courte)*

Ce soir, j'ai rendez-vous avec Cinderella95. Je suis comme un fou. Nous correspondons depuis des semaines, sur un forum spécialisé en rencontres amoureuses : Mousteec !

Nous avons appris à nous connaître par internet. Pas de surprise. Et ce soir, c'est le grand soir. Cinderella95 et Zorrro69 vont se rencontrer … !

J'ai pris le métro et comme elle m'a dit, je suis descendu à Strasbourg Saint-Denis. Je ne connaissais pas. C'est champêtre. Elle m'a dit : *« Au Sacré Loustic »* c'est un bar, tout ce qu'il y a de chic. Ça, pour être chic, c'est chic. Y a du velours rouge partout, même par terre et au plafond. Les lumières aussi sont rouges. Elle m'a dit : « Tu ne peux pas me rater, j'aurai une robe rouge. Tu demandes Cindy.

Je m'adressai au barman.

— Cindy ? Oui, elle est à la table à nappe rouge, au fond.

J'avançai vers la susdite.

— Cinderella95 ? Je suis Zorro69.

Sur la photo du site, ça donnait pas pareil. J'avais cru que 95, c'était son département, en fait c'était son poids !

— Enfhantée, moi f'est Findy.

Évidemment, la voix, je ne l'avais pas sur l'ordi, on s'écrivait. Elle me gratifia d'un sourire très large qui laissa apparaître ses huit dents, trois en bas, cinq en haut.

— Affeyez-vous, ve vais pas vous manver, hi hi hi !

En moi-même, je me disais : *encore faudrait-il avoir des dents pour çà !*

— Euh, bon, voilà, en fait je suis un peu surpris, bredouillai-je.

— Ve fuis fûre que vous penfez que ve fuis trop veune, hi hi hi ! v'en fuis fûre …

— Euh, ben, non, enfin si, je veux dire, ben, c'est-à-dire, je ne sais pas …*(J'étais de plus en plus mal à l'aise)*

— Ve vous trouve très fhouette !

— Ah, euh, ben merci …hibou aussi ! *(Oui, je suis humoriste)*

J'étais dans mes petits souliers, alors que regardant sous la table, je vis qu'elle devait chausser au moins du 44.

— Bon, foifante-neuf, ve comprend, mais pourquoi Vorro ? déclara l'ingénue.

— Ah ? Soixante-neuf, vous comprenez ? Zorro, c'est mon côté aventurier, défenseur de la Veuve Cliquot et de son Ponsardin !

-—Ve vois, dit-elle. Fi on allait faire un tour fhez moi ?

— Fhez vous ? euh, chez vous ? Impoffible *(ça me gagnait)* J'ai réservé une suite au Georges V pour notre nuit d'amour.

— Une fuite ? Au Veorges Finq !!!

— Oui, une fuite, c'est çà, c'est le mot qui convient. D'ailleurs, je vous ai réservé une surprise, on appelle un taxi et on s'envole vers le paradis. On peut téléphoner d'ici ?

— Attends, mon minou, ve m'en occuppe. Gafton, appelle un taxfi, tout de fuite, f'il te plaît, héla-t-elle le barman.

—Non, ma princesse, dis-je. Laisse, je m'occupe de tout, je happe un G7 et je reviens te prendre, reste au chaud.

La chance était avec moi, un taxi était en maraude.

— Bonsoir, M'sieur, c'est pour aller où ? demanda le driveman.

— N'importe où, le plus loin et le plus vite possible, je paierai ce qu'il faut !

— C'est parti mon Prince !!!

Adieu, Cinderella, Princesse virtuelle.

Zorro rend sa cape et son épée !

(Bonne) FIN

à suivre

Véro et Marthy

couple déjanté.

VERO & MARTHY

Le pot de départ.

Après mon stage d'une semaine de formation aux *éléments incondionnels cosmopolites et du terroir*, comme prévu, à 17h45, je réunissais tous mes collègues de travail pour mon *Pot de départ*. Ce fut un succès. Sauf, peut-être au niveau des chips, j'avais chipoté sur les quantités. Les trente sept étages de la Holding étaient présents, de la compta en passant par les gars de la logistique balnéaire, jusqu'au PDG lui-même. Il vint me rejoindre :

— Félicitations, cher Marthy, c'est une réussite. J'ignorais que vous nous quittiez définitivement … ?

— Ah, mais, je ne quitte personne !

— Pourquoi ce pot de départ, dans ce cas ?

— J'ai beaucoup réfléchi, vous savez. En général, un pot de départ, ça se donne pour une mise à la retraite et donc, proche de la mort. J'ai voulu profiter de celui-ci, tant que je suis encore jeune.

Il lâcha sa coupe de coca light sur la moquette et me tourna le dos. Les agapes terminées, je décidai de réintégrer mon domicile. Toutes les rames de métro étaient bondées. Je voulus rentrer en bus, mais ils étaient tous bourrés. Et les chauffeurs aussi. Finalement je pris un taxi. Arrivé au bas de mon immeuble, je le restituai à son propriétaire. Je crus lire de la reconnaissance dans ses pauvres yeux battus. Néanmoins, il me régla la course en espèces. Comme je n'avais pas de monnaie, je gardai le pourboire.

Cette formalité accomplie, il repartit en marche arrière, afin de remettre son compteur à zéro, me dit-il … Je m'étais fait déposer au bas de mon immeuble, car j'habite juste au-dessus et ça me parut pratique.

J'attrapai au vol un ascenseur qui passait à ce moment précis. Celui-ci me déposa, ainsi que j'en avais fait digitalement la demande, sur mon palier qui se trouvait être exactement au même niveau que mon appartement. On n'y pense pas assez souvent, mais c'est bien pratique. En rentrant chez moi, au moment de refermer la porte, je restai bouche ouverte et donc bée.

Quelle ne fut pas ma surprise, en ne reconnaissant pas mon décor habituel. J'en étais à me demander si je ne m'étais pas trompé d'étage. Mais je reconnus ma compagne à son visage. Je me souvins que je l'avais vu la semaine passée juste avant mon départ stagiaire.

— Mais, que s'est-il passé, Véro ? hasardai-je.

— Comment trouves-tu cette nouvelle déco, minou ?

— Euh, ébouriffante ! C'est ça, ébouriffante, je ne trouve pas d'autre mot. Puis-je te demander dans quelle pièce nous sommes ?

— Ben, dans le salon !

— Bien sûr …bien sûr, suis-je bête. Je n'avais pas remarqué la baignoire au centre de la pièce. D'ailleurs, si je puis me permettre, pourquoi cette baignoire en plein milieu et pourquoi si grande ?

— J'ai pensé que quand nous recevons des amis, ce serait plus sympa de prendre un bain en même temps que l'apéro, qu'en pense-tu ?

— C'est surtout à eux qu'il faudra le demander …Mais, justement, j'ai eu une journée chargée, j'en prendrai bien un. Sans glaçons s'il te plaît. Merci, mon chou.

Véro s'activa à remplir la baignoire, j'en profitai pour me déshabiller, puis je me laissai glisser dans l'onde fraîche. C'est alors que la porte se mit à sonner. *(Nous l'avions habituée toute petite à le faire seule)* C'était la voisine, Lise Paulet, qui voulait savoir si on pouvait lui prêter du sel.

— Mais bien sûr, lui dit Véro. Et elle l'entraîna vers la chambre. Madame Paulet s'arrêta près de moi pour me saluer et je m'aperçus qu'elle lorgnait un endroit précis, que rigoureusement ma mère m'a défendu, etc …etc. (1) Comme j'avais oublié de désempoigner mon attaché-case, je le plaçai immédiatement sur l'objet de son éventuelle convoitise. Mais, elle repassa avec le sel que Véro lui avait prêté. De nouveau, elle marqua un temps d'arrêt et attrapant l'attaché-case, elle le souleva et me dit : — Vous allez mouiller tous vos document, Monsieur Marthy !

Puis elle sortit. Je me relaxai dans mon apéro, quand je remarquai que notre téléviseur était allumé, mais tourné face au mur, silencieux.

— Pourquoi ce téléviseur est-il à l'envers et allumé, Véronique, sans son ? Immédiatement Véro entonna : *Besoin de personne, la la la* Puis, se reprenant :

— Il est puni. À force de ne dire que des mensonges, il m'a exaspéré, je l'ai mis au coin.

— Bien, bien, ma Vero, mais pourquoi es-tu allé chercher le sel dans la chambre, pour Madame Paulet ?

— J'ai transformé la cuisine en atelier de poterie. Au lieu de regarder bêtement la télé, et bien, nous serons occupés intelligemment.

(1) Le gorille – Georges Brassens.

— Génial … !

— De plus, Maman adore la poterie et pourra ainsi venir nous voir plus souvent.

— Re-génial … ! Mais, dis-moi ma Véro, qu'est-ce que tu en penses : Si on partait en vacances ? J'ai récupéré tous mes RTT, pour une semaine de congés. Je pense que nous en avons besoin. Surtout toi … si je peux me permettre.

— Super ! s'exclama-t-elle en battant des mains. Où irions-nous ?

— Il y a sur le trottoir d'en face, de l'autre côté de l'autoroute, un hôtel qui me paraît correct et, m'a-t-on dit, dont les prix le sont aussi, *« Le Paradise »*

Le téléphone, élevé en même temps que la porte, se mit à sonner : « - Bonjour Monsieur Marthy, ici le majordome du *Paradise.* Il nous reste de libre la suite Raspoutine, dix mètres carrés tout confort sur le palier, prenez-vous une option ?

— Comment savez-vous que nous devons faire un séjour chez vous ? m'interloquai-je.

— C'est mon métier d'être intuitif, Monsieur Marthy !

— Oui, effectivement. Bon, c'est d'accord, réservez-nous la suite Raspoutine, nous serons là demain matin.

***

PARADISE HÔTEL.

La traversée, bien que tranquille, fut plus longue que prévue. En effet, les feux rouges s'étaient mis en grève sans déposer de préavis, ce furent les oranges qui s'allumèrent, mais un coup sur deux seulement. (Par solidarité, sans doute) Une valise dans chaque main, Véro et moi louvoyions entre les voitures, dont certaines roulaient à vive allure, alors que la vitesse en ville était limitée à 130km à l'heure. Nous avions également deux tronçons à quatre voies d'autoroute à traverser à pied.

Je dois reconnaître que Vero évitait les véhicules à folle allure beaucoup mieux que moi. Plus d'une fois les bolides frôlaient mon nouveau costume Fred Lapinus. L'enseigne du *Paradise Hôtel* se rapprochait de nous. Évidemment, nous aurions pu emprunter un taxi. Mais à qui … ?

Nous dormions bien à l'abri dans les bacs à fleurs en béton qui séparaient les deux sens de circulation. Le flot incessant des véhicules finit par nous endormir. Le dernier matin, nous franchîmes enfin l'ultime voie sur huit. Le building du *Paradise* se dressait devant nous. Une de nos quatre valises avait été éventrée par une Porsche Carrera.

Comme disait Vero : «— C'est quand même plus classe que par une deux chevaux !

Parti de notre immeuble à 11h 30 du matin (GMT), nous arrivâmes à la réception de l'hôtel à 16h 35 (GMT aussi) le surlendemain. Le majordome Croate nous attendait, dans le hall, facture à la main : « - Vous êtes à la bourre, faut payer la journée d'hier et celle de la vieille ! euh… de la veille.

Comme je voyais qu'il n'avait pas confiance, je lui proposai de le régler sur le champ ! Il accepta.

— Le tout, c'est de trouver un champ libre à cette heure-ci, fis-je remarquer acerbe, au Croate. (1)

Un agriculteur voisin nous loua le sien pour 5000 € les 15 minutes, l'affaire fut réglée rapidement. Ouf ! Les vacances pouvaient commencer !

***

La Suite Raspoutine, que nous avions réservée se situait au 135e étage du *Paradise* qui en comptait 140, d'où son nom. Comme l'ascenseur n'était pas de première jeunesse, il mit une heure trente-cinq pour nous déposer sur notre lieu de villégiature. Le majordome ne nous avait pas menti. La suite était somptueuse et sa surface était bel et bien de 10 m2. Comme convenu, confort au maximum, salle de douche, W.C., planche de surf et à repasser, le tout sur le palier. C'est alors que de mes talons me parvint un appel de mon estomac. Comme Véro avait aussi la dalle, nous redescendîmes au restroom.

Curieusement la descente ne dura que 7 minutes 18. Des talons, les estomacs arrivèrent au bord des lèvres. Le liftier nous expliqua que les aérofreins devaient être révisés prochainement.

Une fois attablé, je m'aperçus que notre plus proche voisine n'arrêtait pas de me fixer. J'en étais gêné et flatté à la fois. Je dis à Véro : - Mince, j'ai oublié de prendre mon slip de bain pour la piscine… je dois remonter.

— D'accord chéri, à demain ! *(Elle faisait allusion à la lenteur de l'ascenseur, je suppose)*

***

(1) *Je n'ai pas pu résister.*

Arrivé dans la cabine, quelle ne fut pas ma surprise d'y retrouver ma voisine de table, la regardeuse. Dès que les portes se furent refermées, elle se jeta littéralement sur moi, m'arrachant chemise et pantalon d'une main experte.

— Ah, oui, prend-moi, grand voyou, là tout de suite, nous avons une heure trente devant nous, explore-moi, ventile-moi, puzzle-moi, YconnaitpasRaoul-moi, vite, vite, je n'en peux plus de toi … !

— Mais enfin, Madame, je… mais…c'est-à-dire …je …bon d'accord ! *(Je n'ai jamais rien su refuser aux femmes)*

Une heure trente plus tard, sorti de l'ascenseur, je pénétrai complétement démembré, dans la suite *Raspoutine*, dans une tenue plus que débraillée. C'est alors que je m'aperçus qu'une jeune femme de couleur faisait le ménage dans notre nid d'amour. Je lui demandai : « — Bonjour, comment vous appelez-vous ?

— Naffy, c'est tout.

— *Nafissatou* ? Sortez de cette chambre *immédiatement … !*

Après l'incident de l'ascenseur, je ne tenais pas avoir d'autres problèmes de ce type dans ma suite. Aussitôt la femme de chambre partie, je me mis à la recherche de mon slip de bain. C'est finalement dans le frigo-bar mis à notre disposition par la Direction et qui servait de table de nuit, même le jour, que je le trouvai. Horreur !!! Je m'aperçus que ce n'était pas le mien … ! Jamais je n'aurai osé porter un tel slip avec un Gros Minet imprimé sur le derrière et un Titi sur le devant ! Je décidai d'appeler la réception.

— Ici la réception ! Charles-Edouard de la Granuge à votre écoute . Il fait actuellement 12° à l'extérieur et le plafond de nuages est relativement bas. Le temps pour demain …

— Non, écoutez, je me fous de la météo ! Je suis la suite Raspoutine, je trouve un slip de bains dans le frigo-bar et …

— Jusqu'ici rien d'anormal, Monsieur …

— Certes, je n'en disconviens pas, *mais ce n'est pas le mien.*

— Je vous envoie la détective de l'hôtel !

— Dans combien de temps ?

— Le temps de prendre l'ascenseur, Monsieur.

Sachant que j'avais mis 1 heure 30 pour les 135 étages, j'avais largement le temps de me rafraîchir et de me rhabiller correctement après mes aventures ascenseuresques. Surtout que le vieux schnock de la réception avait dit : *La* détective …Que je sois présentable. Mais, je n'eus pas le temps de me refaire une beauté. Le signal vocal de la porte s'actionna : *Yakékunkisonne, Yakékunkissonne*, du matériel Japonais sans doute.

J'allais donc ouvrir :

— Charlotte Julian, détective très privée, à votre service.

— Mais, vous n'avez pas pris l'ascenseur ?

— Non, beaucoup trop lent. Il y a une corde à nœuds sur la façade de l'hôtel, je suis entraînée …de plus j'adore les cordes à nœuds.

J'expliquai à la détectivesse quel était mon problème. Elle eut l'air de douter de mes dires.

— Qu'est-ce qui me prouve que ce slip n'est pas le vôtre ?

— Mais, je …Titi, Gros Mi …

— Allongez-vous, essayez-le !

— Mais enfin …

Elle me poussa brutalement sur le lit voisin de 10 centimètres *(la suite ne mesure que 10m2, dois-je le rappeler ?)* et se jeta sur moi.

— Enlève ton caleçon, je vais t'essayer le slip de bains, mais avant, **avant**, tu vas me faire l'amour comme si tu étais un sauvage de Papouasie, tu entends ? Prends-moi, ah, ***oui, oui, oui, comme un Papou !!!***

À la fin de nos ébats, la détectivesse repartit par la corde à nœuds, quant à moi, j'étais « à la corde », et je décidai de garder le slip Titi et Gros minet. Je sortis de la chambre les jambes flageolantes en essayant de ne plus croiser qui que ce soit. Un regard à gauche, un autre à droite, je ne vis que le boy room dans le couloir. Encore que je trouvai qu'il me regardait d'un air lubrique. Je repris de nouveau l'ascenseur pour rejoindre Véro à la piscine. Les portes s'ouvrirent sur cette folle qui m'avait à moitié violé la première fois.

J'eus un mouvement de recul, mais elle me dit : « Rassurez-vous, je suis calmée, vous avez fait ce qu'il fallait pour, tout à l'heure. Mais, je ne me suis pas présentée : Baronne Monique de Kilatienne. Je vivais sur les rentes de feu mon Baron, industriel fabricant de capotes Anglaises.

— Vous voulez dire de préservatifs ?

— Non, non, capotes pour voitures anglaises décapotables. Je menais jusqu'à présent, une vie monacale à Monaco, mais, j'ai décidé de jouir de la vie désormais.

— Je comprends, mais je trouve que vous êtes souvent dans l'ascenseur, si je peux me permettre.

— En effet, c'est là que j'ai fait les meilleures rencontres de mon séjour au *Paradise Hôtel* ! Je vous souhaite une bonne journée.

Par prudence, je décidai, malgré tout, de descendre par l'escalier ! Après tout, n'avais-je pas pris une semaine de vacances ? Parti aux alentours de 18 heures, à la recherche de mon slip de bain, je rejoignis Véronique, qui y était déjà, vers 21 heures.

— Ben, mon minou, je commençais à m'inquiéter, me dit-elle.

— Tu commençais ? C'est bien, ma Véro ! Tu as commandé, sinon ?

— Non, mais j'ai fait la connaissance de plein de gentils garçons.

— J'imagine …

— Tu sais quoi, Minou, ce soir c'est dîner dansant, génial, non ?

— Oui, oui …génial, génial …*(Vu ma journée, j'avais plutôt envie de dormir que de danser.)* Si seulement l'ascenseur n'était pas si lent …Et si plein !

Effectivement, vers 21 heures 30, installés à notre table, nous vîmes l'orchestre se mettre en place. La soirée promettait donc d'être réussie.

***

LE RESTAURANT

La serveuse vint prendre notre commande :

— Bonsoir Madame, bonsoir Monsieur *(hum ... !)*, je m'appelle Cindy et je vous accompagnerai tout au long de votre repas. Puis-je vous conseiller pour commencer une salade d'Étouflies sablées, pêchées du matin même ?

— Pourquoi pas ? Nous vous faisons confiance, dis-je.

— Vous pouvez, Monsieur *(hum ... !)* désirez-vous prendre du vin ?

— Non, mettez-nous votre meilleur Champomy millésimé, s'il vous plait.

— Oui Monsieur *(hum ... !)*

Cindy repartie, Véro me dit :

— Tu as remarqué, elle a un tic, chaque fois qu'elle s'adresse à toi, elle fait "hum ... ! Curieux, non ? Et puis ce décolleté vertigineux.

— Ah ? Non, je n'ai pas remarqué, hypocritai-je.

Soudain, un hurlement à faire blanchir un Africain, retentit des cuisines! N'écoutant que mon courage à deux mains, je me précipitai sur les lieux. Et là, une scène hallucinante m'attendait : Cindy, à genoux, les cheveux coincés dans une fermeture éclair rezippée trop rapidement, à mi-hauteur du chef qui préparait une Paella.

— Mais, que s'est-il passé, me renseignai-je ?

— On a entendu l'ascenseur du Grand patron et j'ai été trop leste, m'avoua Roger, le chef .

— Sortez-moi de là, implorait Cindy.

— Coupez-lui les cheveux, Monsieur ! me dit Roger.

— Si vous faites ça, je vous crève les yeux, rétorqua Cindy.

— Mais vite, le patron ne va pas tarder.

Je ne pouvais laisser ces deux garnements dans cette situation. J'eus une idée de génie :

— Chef, enlevez votre pantalon et vous Cindy, allez dans l'arrière-cuisine, je vous rejoindrai pour vous décoincer.

Aussitôt dit, aussitôt fait. Juste à temps, car Monsieur de la Granuge, le taulier, fit son entrée. Se tournant vers le Chef :

— Roger, quelle est cette tenue pour le moins négligée, pour ne pas dire incongrue, en cuisine ?

— Monsieur, on voit bien que vous n'avez jamais préparé une paella, y fait drôlement chaud !

— Ah, oui, bien sûr, excusez-moi, chef. Il me gratifia d'un léger signe de tête et sortit.

C'est ainsi que Roger termina sa préparation en caleçon.

Après le départ du boss pour la salle, j'allai rejoindre Cindy dans l'arrière-cuisine. Elle s'était débrouillée toute seule pour dégager sa chevelure et je la trouvai torse nu.

— Mais, que vous est-il arrivé, soulechoquai-je ?

— J'ai eu tellement chaud à me dépêtrer toute seule que j'ai dû m'ôter quelques chiffons, et puis ...*(hum ... !)* Je savais que tu allais venir, brigand !

58

— Ah, non, ça va pas recommencer, je suis crevé moi, de plus ma femme est en salle et je …

Je n'eus pas le temps de terminer ma phrase qu'elle s'agrippa à moi, me roulant le patin du siècle. Notre étreinte fougueuse fut cependant de courte durée, car interrompue par l'irruption de Roger qui venait voir pourquoi Cindy hurlait encore.

***

À part le léger incident de la cuisine, la soirée dansante fut plutôt une réussite. Le *Borotino's Boys Band* avait donné son maximum ainsi que la chanteuse exotique *Sissy Roumas*. Véro s'amusait comme une folle à danser avec les uns et les autres ; mais surtout les uns. Sans moi, car j'étais mort de fatigue. Le lendemain matin, je décidai ma compagne à plier nos bagages pour rentrer at home ! En effet, ces 24 heures m'avaient relativement épuisées.

— Oh, dommage, mon p'tit chou ! Je commençais seulement à m'amuser. Et puis tu sais, il y a un maître-nageur à la piscine, Giovanni, qui veut absolument que j'apprenne la brasse à l'Italienne.

— Oui, ben, justement ! On rentre, tu feras la brasse papillon dans la superbe baignoire que tu as installée au milieu du salon pour nos soirées apéritives.

Véro me faisait la tronche, mais c'était-qui-qui-commandait-nom-de-zeus ??? Je commandai par téléphone un taxi à la réception.

— Il est devant la porte à vous attendre Monsieur Marthy !

— Mais, comment …vous…qu'est-ce que … ?

— C'est mon métier d'être intuitif, Monsieur.

— Ah, oui, j'avais oublié.

*

Sept minutes 18 plus tard l'ascenseur nous déposait en bas des 135 étages de notre lieu de villégiature. Le majordome nous attendait dans le hall d'entrée, facture à la main :

— Vous aviez réservé pour une semaine, vous êtes restés 24 heures, mais vous paierez pour une semaine !

— Mais, oui, mon ami, mais oui. Voulez-vous de nouveau que je vous règle sur le champ ?

— Non, merci, je n'ai pas le temps, réglez-moi plutôt ici, s'il vous plaît.

—Voilà, je vous fais un chèque de la *Peuplier's Bank Incorporated.*

Le taxi nous attendait effectivement devant l'hôtel. J'indiquai au chauffeur notre adresse :

— C'est de l'autre côté de l'autoroute, mais compte tenu de la circulation que nous avons subie à l'aller, je préfère que nous fassions le tour.

— Je sais, Monsieur, ne vous inquiétez pas, je s'occupe de tout, tu s'occupes de rien… (1)

Au bout du troisième tour du périphérique Parisien, je tapai sur l'épaule du chauffeur :

(1) *Djamel Debbouze*

— Il me semble qu'on est déjà passé deux fois par ici, non ?

— Yes, Sir, mais la sortie est mal indiquée, je la rate à chaque fois.

C'est alors que je reconnus celui qui m'avait transporté de la soirée de mon « Pot de départ » à mon appartement, que j'avais obligé à repartir en marche arrière et à me payer la course en espèces. Il se vengeait ! J'en étais sûr. Arrivés à destination trois heures plus tard, Véro demanda au chauffeur de bien vouloir nous déposer au parking sur le toit de notre immeuble au 14e étage. Je lui demandai le pourquoi de cette fantaisie.

— Aucune fantaisie ! Nous habitons au premier étage, mais on nous fait payer les charges d'entretien de l'ascenseur, alors autant l'utiliser.

J'admirai la logique toute féminine de ma compagne. Arrivés sur notre palier la porte voisine s'ouvrit sur Madame Paulet, l'emprunteuse de sel voyeuse. « - Oh, Monsieur Marthy, Madame Véro, comme je suis heureuse de vous revoir !

— Oui, euh, faut pas exagérer on n'est absents que depuis 24 heures, m'agacère-je. Véro ajouta : « - Passez demain soir à 20 heures, nous donnons une Bath Party. Vous êtes invitée.

— Ah, oui, cette baignoire que vous avez merveilleusement installée au milieu du salon, quelle trouvaille ! Mais vous, Monsieur, cette fois-ci, plus d'attaché-case, hein ?

***

LA BATH PARTY.

À peine remis de nos émotions vacancières, Véro avait organisé la fameuse "Bath Party" dont elle rêvait depuis qu'elle avait fait aménager cette fameuse baignoire à huit places au milieu de notre salon. Tout était prévu, y compris autour, l'emplacement pour poser les verres. Vero tout en s'activant aux préparatifs me tendit une petit morceau de plastique bleu d'environ 5 millimètre de largeur avec une flèche blanche dessinée dessus. Comme je m'étonnais de cette donation, elle me dit :

— Mon Choupinou, c'est ce qui reste de ta carte bleue après les travaux que j'ai fait faire.

— Horreur ! Mais je dois être à découvert à la banque alors ?

Le téléphone, qui venait de se réveiller, se mit à sonner.

— Monsieur Marthy, c'est le majordome du *"Paradise Hôtel"*. Effectivement vous êtes à découvert, votre chèque va me revenir.

— Comment savez-vous que... ah, oui c'est vrai, vous êtes intuitif !

— Exactement. Mais vous pouvez m'inviter à la Bath Party que vous donnez ce soir, nous pourrons en parler. Si vous êtes d'accord je viendrai avec la Baronne Monique de Killatienne, vous savez, la folle de l'ascenseur ?

Je ne pus qu'accepter la proposition. J'en profitai pour inviter mon banquier. Tout le monde arriva vers 20 heures et après les banalités d'usage, chacun se mit à oilpé (1) dans la baignoire.

---

(1) *à poil.*

Étaient présents, à part Vero et moi, le majordome du *Paradise,* la Baronne de Killatienne, Jean-Baptiste Donntessou, mon banquier et notre voisine Madame Paulet, l'emprunteuse de sel voyeuse. L'ambiance plutôt austère au départ se détendit. Nous étions tous les six à nous raconter des blagues de Toto et à nous éclabousser comme des fous. Les trois hommes que nous étions eurent du mal à cacher physiquement leur contentement d'être ainsi en joyeuse compagnie. Madame Paulet dit au banquier :

— Mon Dieu, Monsieur Donntessou, je ne savais pas que Monsieur Marthy avait tiré autant ! Ce qui fit rire l'assistance, sont-ils gamins, tous.

La Baronne se plaça entre moi et le banquier et se tournant vers lui :

— Amore mio, il ne faut pas être si raide avec Monsieur Marthy, mais si vous voulez, avec moi pas de problèmes.

Le majordome du *Paradise* expliquait à ma compagne, les secrets de la pêche à la gaule avec force démonstrations. Vero était ravie de sa soirée. Le banquier abandonna ma poursuite pour se consacrer à celle de la Baronne. Madame Paulet se rapprochant de moi :

— Monsieur Marthy, je ne pensais pas que votre attaché-case contenait autant documents secrets de cette importance, félicitations !

Bref, la soirée fut une réussite, jusqu'au moment où la porte sonna; je me levai dans le plus simple appareil pour aller ouvrir. Je trouvais sur le palier notre chauffeur de taxi qui me dit :

— Vous vous êtes trompé en me payant hier, il manque dix euros.

Comme je n'avais aucune poche sur moi, je lui proposai en échange de se joindre à nous. Un peu surpris ils se déshabilla pourtant prestement, happé immédiatement par la Baronne Monique de Killatienne. En nous quittant, les larmes aux yeux, nous nous promîmes de nous retrouver tous à l'anniversaire du majordome la semaine suivante au ...*Paradise Hôtel* !

***

WASHING COMPANY and Co.

J'avais été embauché à la « ***Washing Company and co*** » par piston. En effet, mon Tonton Marcel avait été l'amant de Clotilde Passemoilpin, la chef-comptable de la holding. On m'avait affecté un bureau au rez de chaussée, entre le local à poubelles et la laverie expérimentale du bâtiment. Mis à part les colonnes des différents vide-ordures et l'essorage des machines à laver, je n'avais pas à me plaindre du bruit.

J'avais mon nom inscrit sur la porte en verre opaque avec en dessous la mention : ***Directeur de recherche des copies d'archives égarées***. J'avais une secrétaire et un coursier à ma disposition. Le travail était tranquille et je gagnais bien ma vie. En trois ans de présence dans la boîte, un seul membre du personnel poussa la porte de mon bureau, ayant vu sous mon nom et mon titre, en gros et gras les initiales de la holding *Washing Company*. Ma secrétaire Gaëtane Landru évita de justesse un jet puissant et intense, dès l'ouverture de la porte en catastrophe ! Le DRH, car il s'agissait de lui, rouge de confusion ne savait comment s'excuser de son intrusion intempestive et arrosante.

— J'allais à mon parking et… une envie pressante…

Gaëtane le rassura immédiatement en lui proposant de l'accompagner jusqu'au garage.

— Non, mais, je connais le chemin, c'est juste qu'en passant j'ai cru que... les initiales, vous comprenez ? s'excusa le confus.

Gaëtane insista :

— Monsieur, quand on se trompe de porte une fois, pierre qui roule n'amasse pas mousse !

— Mais, je ...je vous assure ça va aller et ...

— ***J'ai dit que je vous emmenais et je vous emmènerai !! !*** hurla-t-elle.

Le DRH interloqué et vexé de sa méprise n'insista pas. C'est ainsi que ma secrétaire poussa le pauvre homme vers la sortie. Je ne la revis que quarante cinq minutes plus tard, les joues bien roses et le sourire béat découvrant son magnifique dentier à impériale.

— Quel homme charmant, ce Bruno, dit-elle, s'adressant à moi.

— Ah, il s'appelle Bruno ?

— Oui, et il m'appelle Gaë, c'est chouette, non ?

Je veillais à ce que mes deux employés soient toujours occupés à ne rien faire tout en donnant l'impression d'être débordés. Gaëtane Landru, proche de la retraite, avait été affectée à mon service vu son âge, pour n'avoir pas ni d'escalier à monter, ni d'ascenseur à descendre. Elle tapait sur son clavier d'ordinateur, dès qu'un bruit inhabituel se faisait entendre dans le couloir. Elle avait toujours à portée de main quelques enveloppes cachetées qu'elle remettait à Jérôme Harin, le coursier. Celui-ci prenait alors l'ascenseur, le faisait monter jusqu'à l'ultime étage, là où se trouvent la direction et les machines à café ainsi que les toilettes. Il buvait un café, allait faire pipi et redescendait. Il remettait les enveloppes sur le bureau de Gaëtane pour une prochaine fois.

Je demandai par mail à la direction de bien vouloir faire supprimer les initiales énormes sur ma porte, leur expliquant le genre de méprise que cela avait généré.

Le Directoire, après délibération de ses membres prit ma demande en considération. Dès le lendemain matin deux ouvriers s'activaient à décoller le sigle litigieux.

— Ne vous inquiétez pas, Monsieur, me dit l'un d'eux ça va être vite fait et on va remplacer les initiales comme nous l'a demandé le patron, qui a bien compris vos soucis. Effectivement, mon entrée fut ainsi renommée :

MARTHY

Directeur de recherche des copies d'archives égarées.

CABINET.

***

LES RÉUNIONS

Pour justifier mon salaire et mon emploi, je me rendais aux réunions de la boîte, y compris celles où je n'étais pas concerné, c'est à dire toutes. C'est ainsi que recevant un mail de la Direction, j'appris qu'un recrutement de masse de jeunes fraîchement diplômés, aurait lieu le lendemain soir, étage 37, section 12, couloir 5, salle Archimède porte 8567 à gauche en sortant de l'ascenseur. (Ou à droite, mais c'est plus long)

C'était un jeune recruteur, Grégory Blochon qui fut recruté pour recruter. Il sortait d'une grande école de commerce réputée pour son efficacité. C'est ainsi qu'il commença son discours d'entrée à la trentaine de candidats :

— Bon, les gars, je vais pas vous la jouer. J'ai été commercial avant vous. J'ai vendu des esquimaux glacés au Groenland, des couvertures chauffantes au Gana. Des tondeuses à gazon au Sahara et des puits de pétrole à l'Arabie Saoudite. Alors, à moi, faut pas m'en raconter. Vous êtes ici pour gagner un max de blé. Et ça, grâce à moi. Vous êtes des Winners ! Mettez-vous bien ça dans la tête.

Celui qui a travaillé avec GB *(Il prononçait « Djibi »)* peut tout entreprendre dans la vie. Je ne vous cacherai pas que la concurrence sera rude. On me hait et on me craint dans ce milieu. Je suis un chef ! Et ça, tout le monde le sait. *(Je voyais les yeux exorbités de ces jeunes gens, langue pendante et bave aux lèvres, qui buvaient ses paroles ainsi que le jus d'artichaut qu'on leur avait servi, et je voyais que leur motivation grandissait de minute en minute.)*

— J'ajoute que GB sait travailler avec les hommes de bonne volonté. Je vous fournis, outre les ordis portables, des mobiles, forfait illimité et à chacun, une Twingo aux couleurs de la Holding. Commencez à réserver votre hôtel à Miami pour vos prochaines vacances, je vais vous faire gagner un fric fou. Vous avez choisi la meilleure boîte et le meilleur coach, c'est-à-dire, moi. Je serai en permanence à votre écoute pour quoi que ce soit, vous aurez ma ligne directe. *Je veux que vous bouffiez nos concurrents, que vous en fassiez des boulettes à couscous, vous êtes des tueurs !* Des questions ? Oui, jeune homme, je vous écoute.

— En fait, excusez-moi, mais je voulais savoir quel est l'objet de la société et que devons-nous vendre ?

—… Je …et bien, mais …je, je verrais ça avec la Direction Générale et je ne manquerai pas de vous tenir informés.

J'ai cru que j'allais mourir de rire devant la mine déconfite des candidats ainsi que celle décomposée du super-coach. Je sortis précipitamment pour ne pas exploser directement dans la salle de réunion, mais je me laissai aller dans l'ascenseur qui me conduisait à mon bureau.

Gaëtane me demanda l'objet de mon hilarité, le fou-rire me dominant, j'eus beaucoup de mal à m'exprimer. Je ne suis pas certain que ma secrétaire ait compris mon discours entrecoupé de crises de rire. Quand soudain je me rendis compte que depuis mon arrivée au bureau, des coups régulièrement répétés venait d'un placard de la pièce. Celui-ci étant juste derrière Gaëtane.

— Quel est ce vacarme, m'enquis-je ?

— Oh, Monsieur Marthy, je préfère ne pas vous répondre, vous savez !

— Ah bon ? Mais pourquoi ? Et où est Jérôme ?

— Ben,… justement, c'est ce qui me gêne. Il a profité de votre absence et depuis une heure ce sont des coups sans interruptions venant de ce placard dans lequel il s'est enfermé.

— Enfermé ? Mais pour quoi faire, bon sang et quel rapport avec ces coups ?

Je me dirigeai vers le meuble en question et ouvris violement la porte. Le spectacle qui s'offrait à moi me saisit d'effroi ! Mon coursier était allongé sur le côté, pantalon et slip baissés et s'adonnait avec ardeur à une masturbation effrénée …

***

L'ACCIDENT.

C'est en sortant du bureau, vers dix-huit heures, qu'en essayant d'attraper au vol un autobus sans me faire prendre, je me massacrai le menton et perdis trois dents prêtes à se déchausser sur la chaussée. Les pompiers mirent très peu de temps à me ramasser en plusieurs fois avant de m'introduire. *(Dans le fourgon, pardon)* C'est ainsi que je me retrouvai hospitalisé.

Y avait une infirmière que je n'aimais pas du tout.

Elle avait la carrure de David Douillet et la même coupe de cheveux. En se présentant à moi elle me dit : « - Bonjour, je m'appelle Robine Desbois.

J'ai pensé : — *Qu'est-ce qu'elle me veut cette folle ?*

Elle me dit : — Mettez-vous cul nu pendant que je me mets en position. Et je la vois qui sort de derrière son dos un arc et des flèches. Je lui dis : — Mais, qu'est-che que vous penchez faire avec cha ? *(Mes dents me manquaient)*

— T'occupe, mon gamin, tourne-moi le dos.

Et la voilà qui s'en va au bout du couloir, je la voyais grâce à un miroir placé devant moi. Voilà-t-y pas qu'elle arme son arc d'une flèche, sur laquelle était fixée une seringue, à six mètres de moi et me vise le fondement. C'est ainsi que je reçus ma première piqûre. J'ai compris pourquoi on l'appelait la soeur de Robin des Bois. Mais, j'ai pas du tout aimé le scénario. Le second soir, à l'heure fatidique, je m'enfermai dans les toilettes -salle de bains. Mais, la gredine avait prévu le coup.

— J'ai l'habitude des trouillards, qu'elle me dit. Sortez sinon je défonce la porte.

Je fis celui qui n'était pas là. Comme j'étais verrouillé de l'intérieur, elle ne fut pas dupe. C'est alors que la porte se fendit en deux dans un vacarme effrayant. Elle s'était munie d'une hache! Comme j'étais dans la salle de bains, j'en avais profité pour prendre une douche en attendant son arrivée. Couard, certes, mais propre. La porte ayant rendue l'âme je me précipitai vers la sortie de la chambre qui conduisait à un très long couloir et je commençai ma fuite en courant le plus vite possible, poursuivie par Robine Desbois qui, tout en courant, me visait le cul avec sa flèche unique. Les gens hurlaient sur notre passage et des femmes s'évanouissaient, je me demandais pourquoi, quand, tout en courant, je me souvins que j'étais dans le costume d'Adam ! *(D'où les syncopes, évidemment)*

Robine qui apparemment était entraînée se rapprochait de moi. En croisant un barbu à lorgnons, je l'entendis même dire : -"Bonjour, Monsieur le Directeur !

Un ascenseur était ouvert je m'y précipitai. Les portes se refermèrent sur Robine qui avait réussi à me rejoindre, je lui fis faire volte-face.

Elle décocha sa flèche au jugé, pile dans le postérieur du Directeur de l'établissement, croyant que j'étais ressorti. La tête coincée entre les portes de l'ascenseur, elle maugréa :

— Je l'aurai un jour, je l'aurai.

Elle fut mise en RTT sur le champ. Quand à moi, je rejoignis ma chambre en reprenant le couloir dans l'autre sens, sous les applaudissements de tous les gens qui s'y trouvaient. Surtout les femmes, certaines me jetaient des petits bouts de papier sur lequel était inscrit leur 06. Mais, franchement, je n'ai pas aimé mon séjour. Mais alors, pas du tout…

***

MA TECHNICIENNE DE SURFACE.

En congés maladie, j'avais demandé à Gaëtane, ma secrétaire, de me tenir au courant de quoi que ce soit d'important ou pas. Vu qu'il ne se passait jamais rien dans notre bureau, elle m'appela une seule fois pour me signaler que de nouveau une heure par jour, des coups répétés venaient toujours du même placard placé derrière elle.

— Ce n'est pas que ça me dérange, remarquez, mais c'est surtout que comme vous n'êtes pas là, je me sens seule et puis vous savez Patron, ça me fait tout drôle …

— C'est-à-dire ?

— Ben …des choses, quoi …

— Ah oui, je vois et vous ne pensez pas que …

— Oh non, monsieur, il est trop jeune, pensez donc !

Je renonçai à comprendre ce que Gaëtane avait cru comprendre. Vero devait passer quelques jours chez sa mère avant de nous la ramener pour lui faire inaugurer notre atelier de poterie-cuisine équipée

— Mon Choupinou, ça m'ennuie de te laisser seul, tu sais. Surtout depuis que tu as tes nouvelles dents. *(Véro a toujours été douée pour les mots d'amour)* J'ai demandé à notre voisine Portugaise de venir faire le ménage et te préparer à manger, ça ira ?

— Mais oui, ma Vero, ne t'inquiète pas, tout ira bien.

Amalia-Rosita Gonzalès da Mercato Ibanez Santa Madonna i Sanchez, vint effectivement dès le lendemain en fin de matinée. Ce matin-là, je regardais une émission intellectuelle sur TF1 *(Si, Une famille en or)* bref, Rosita arrive avec son chiffon à poussière et me dit : « - Jé m'escousse, ma y faut qué je nettoye l'écrané.

— Les quoi ?

— L'écrané… dé la télévijioné.

— Ah, oui l'écran …

— C'est qu'est-ce qué jé disé, l'écrané.

— Euh, oui, bon d'accord.

Alors, elle commence à astiquer l'engin et elle y mettait du cœur à l'ouvrage. Je me suis dit : Elle va finir par crever l'écran, si ça continue. « - Bon, voilà, Rosita, je pense que c'est bon comme ça. Je voulais voir la suite de mon émission. *(Sinon, après on comprend plus rien)* Et voilà qu'elle appuie sur le bouton de la seconde chaîne.

— Mais, Rosita, qu'est-ce que vous faites ?

— Ma, j'ai essouyé la prémière jaine et alors, à présent, y faut qué jé fasse les autres, non ?

***

MA BIGNOLE *(1)*

Les gardiens de l'immeuble, Raymonde et Gilbert, « mon Gilbert » comme elle dit, sont un couple charmant, au demeurant. Lui s'occupe de vider les poubelles, elle de remplir les boîtes aux lettres ainsi que de collectionner les cancans du quartier. Comme elle savait que j'étais en convalescence et célibataire de surcroît, elle avait entrepris de monter mon courrier. Raymonde, quand tu parles avec elle *(pardon, quand tu l'écoutes parler)* t'as intérêt à avoir des dolipranes sous la main. Elle manifesta sa présence en massacrant la sonnette de la porte d'entrée, alors que j'étais à me débattre avec mon portable qui refusait de m'ajouter des briques pour pouvoir joindre Véro. À la troisième tentative de sa part et n'obtenant pas de réponse, elle se mit à tambouriner contre le panneau de la porte, made in *Conforama,* donc pas solide. J'allai lui ouvrir avant qu'elle ne défonce le bois en véritable contre-plaqué de Montargis.

— J'espère que j'vous ai pas réveillé, m'sieur Marthy, vu qu'il est midi et demi !

— Pas du tout, Madame Raymonde, j'étais en colère après mon portable qui ne veut pas me donner de réseau et …

— Mais taisez-vous donc mon pôve ! La dernière fois j'étais dans le bus – oui j'allais chez le « toubi » pour m'renouveler l'ordonnance du cholestérol – si j'vous disais que j'étais encerclée, vous m'entendez, encerclée !

(1) Concierge.

Encerclée par deux femmes et un homme qui parlaient au « portabe »… Ché pas vous, mais moi j'chuis comme tout le monde, j'ai qu'deux oreilles, j'peux vous dire que j'ai eu du mérite à suivre toutes les histoires à la fois… C'est qu'on a pas intérêt à s'tromper, vous imaginez le topo après quand y s'agit de restituer, c'est comme ça que ça finit par faire une bonne embrouille. Faut dire qu'on n'est pas entraîné pour et pis vu qu'on n'est pas des mutants. Tout ça pour vous dire qu'j'en ai loupé ma station dites donc, j'ai failli arriver en retard chez le toubi, déjà qu'il est jamais à l'heure… Enfin j'vous termine… Le bonhomme du bus, un joli garçon propre sur lui, il était en train de faire sa demande en mariage un genou à terre au téléphone. Vous vous rendez-compte, un genou à terre, à mes pieds, dans le bus, au téléphone… Qu'est-ce que vous vouliez qu'je fasse ? J'ai dit oui ! Qu'j'en étais toute retournée dites donc, moi les sentiments ça m'chamboule !

Du coup j'me suis remis le 45 tours de Frank Michael à la maison, vous savez çui de « Toutes les femmes sont belles ».

Bon, c'est pas tout ça, M'sieur Marthy, on cause, on cause, et pis moi j'ai un rôti qui « riste » de cramer dans l'four. Et mon Gilbert, il est intranligent, ou gisant, je sais pu, avec la nourriture, surtout la sienne. Bon, ben j'vous laisse le courrier tant que j'y suis. Vous avez une lettre des impôts, une de vot'nièce de Bretagne, un carte « postable » de madame Véronique, pis votre abonnement à vot'revue : *L'amour en groupe*. C'est sous pli discret normalement mais là, le plastique s'est déchiré et… À propos d'vot nièce de Bretagne, dites donc, elle a pas perdu de temps pour tomber enceinte, qu'elle est même pas mariée, j'voudrai pas dire mais si ça se trouve elle sait même pas qui est le père. [2]

(2)*Le monologue de Raymonde est un texte de mon amie Zaïa Evain, comédienne et auteure.*

— Mais, vous …comment ?

— C'est ces nouvelles env'loppes, c'est d'la mauvaise colle, alors la lettre est tombée toute seule, pensez donc, sinon …

Je réussis à pousser sans brutalité cette bavarde patentée en refermant la porte centimètre par centimètre, tout en récupérant mon courrier. Affalé sur mon canapé, je me relevai pour avaler prestement huit dolipranes avec un grand verre d'eau en guise d'apéro.

***

LE CONCOURS

Véro nous avait ramené sa mère pour lui montrer notre nouvel atelier de poterie-cuisine équipée. Daphné (*oui c'est son prénom, à la belle-doche, pffft !*) Daphné, donc avait entrepris de fabriquer des vases d'aisance en série « à l'ancienne » pour les revendre au prochain vide-grenier. « À l'ancienne pour les vide-greniers, c'est toujours porteur, affirma-t-elle. Elle m'avait embauché pour l'occasion à l'insu de ma volonté réticente.

Mais, bon, je ne voulais pas me mettre mal avec elle, donc je dépotais des pots de chambre à la chaîne. Pendant ce temps-là, Véro, nous ayant lâchement abandonnés lisait une revue que le facteur *(qui sonne toujours deux fois, même ici)* avait déposée le matin même chez la bignole.

Quand tout à coup, un hurlement venu du fond des âges, nous transperça les tympans, Daphné (pffft) et moi. Vero avait décollé de son fauteuil de vingt centimètres, à vue de toise de nez.

— C'est pas vrai ! Je le crois pas, je le crois pas, je le crois pas, je suis folle de joie ! Mon Dieu, merci, c'est trop, trop, trop. C'est même dingue !

— On peut savoir ce qui t'arrive, Vero ?

— Le concours !

— Quoi le concours ?

— J'ai gagné le premier prix ! Tu t'imagines ? Moi qu'ai jamais rien gagné, même par hasard. Je suis folle de joie, folle de joie !

Daphné (pffft) intervint :

— Ma chérie, je suis heureuse pour toi, c'est formidable ! C'est quoi le premier prix ?

— Attends, je regarde maman. Alors, voyons, hum …ouais, génial ! ***Vous avez gagné votre poids en croquettes pour chien de chez « Impérial Canin » pendant un an !*** Waouh ! C'est super, tu imagines Choupinou, me dit-elle, les économies que ça va nous faire faire ?

— Véro …

— En plus, c'est une des meilleures marques qui soit sur le marché !

— Véro …

— Je vais calculer ce que ça représente comme économie sur un an.

— Véro …

— Alors, sachant que le paquet d'un kilo coûte …

— ***Véro !! ! tu m'écoutes quand je te parle ???***

— Mais oui, Choupinou, qu'est-ce qu'il y a ?

— Véro… on n'a pas de chien, Véro.

— Ah, oui, c'est vrai. Et pourquoi on n'a pas de chien, au fait ?

— Véro, on n'a pas de chien, parce qu'on n'en a pas, c'est tout.

— Alors vous, chapeau ! me reprocha Daphné. Pour les annonces en douceur, vous êtes fortiche.

— Euh… je suis désolé, belle-maman, vraiment désolé.

Une fois encore, c'est le majordome du *Paradise Hôtel*, qui nous sauva la mise, par l'intermédiaire d'Edgar, notre téléphone, qui semblait être très copain avec lui.

— Monsieur Marthy, Charles-Edouard de la Granuge à l'appareil. Vous pouvez me faire livrer ces croquettes pour chien à l'hôtel, vous savez, j'en ferai bon usage.

— C'est de nouveau votre intuition qui fait que vous m'appelez ?

— Effectivement.

— Vous avez beaucoup de chiens ?

— Pas un seul, pourquoi ?

— Mais… je, enfin… les croquettes.

— Vous voulez vous en débarrasser ou non ?

— Oui, oui, on les fait livrer à votre adresse.

— N'oubliez pas, la semaine prochaine c'est mon anniversaire, votre présence m'honorerait. Apportez, comme les autres, deux ou trois bouteilles de champagne, voire plus, ça ne sera pas de trop !

— Bon, d'accord. Quelques bricoles d'apéro, biscuits secs, aussi ?

— Inutile, amenez les croquettes, ça ira bien ! À bientôt monsieur Marthy et… consolez madame Véro, il y a plus grave dans la vie.

***

DU RIFFIFI À LA BANQUE !!!

Alors que Jean-Baptiste Donntessou, mon banquier, m'avait promis lors de la « Bath Party » de ne plus m'inquiéter à propos de mon découvert, ce matin-là, je reçus de la banque une lettre recommandée me menaçant de toutes les foudres du ciel si je ne couvrais pas mon débit, dans les délais les plus brefs. Mon sang, alors que je ne lui avais rien demandé, ne fit qu'un tour ! *(Dieu merci, un second aurait pu m'être fatal.)* Je décidai donc d'aller visiter mon banquier le lendemain matin aux aurores.

L'Agence est supposée s'éclore à huit heures quinze. La porte s'ouvre… à neuf heures dix ! Je fonce directement dans le bureau du Dirlo, et j'entre sans frapper. *(Pour l'instant)*

— Nous avions rendez-vous ? surprisa-t-il.

— Non. Mais maintenant, si !

— Que puis-je pour vous ?

— Vous puijez arrêter de me prendre pour Albinoni.

— Que vient-il faire ici ?

— C'est à propos des adagios que vous prenez sur mon compte.

— Adagi, non ?

— C'est possible, je ne suis pas mélomane …

— Donc ?

— Donc, vous allez cesser de m'envoyer du courrier recommandé.

— Mais, on me l'a recommandé, justement …

— Ok, vous êtes en cheville avec les PTT ?

— Pas du tout, c'est vous qui tirez trop !

— Ma vie privée ne vous regarde pas ! Et puis ma femme dit le contraire.

— Bien, cessons ce jeu et trouvons un accord.

— Décidément, vous connaissez la musique.

— Que pouvons-nous envisager ?

— Vous allez me faire un prêt qui couvrira mon découvert.

— Faudrait savoir, vous avez trop chaud ?

— Toutes les sommes que vous m'avez débité, vous allez me les rebiter (1) immédiatement !

— Monsieur, je ne mange pas de ce pain-là …je suis hétéro.

— C'est vous qui voyez ! Alors, pour mon prêt ?

— Je peux vous faire un prêt à long terme, c'est-à-dire, plus tu payes, moins tu vois de loin ce qui est près… (2)

— Donc, c'est un à-peu-près …

— C'est à peu près ça.

— Combien vous dois-je en tout ?

— Quinze mille euros sans les agios.

— Ah, c'est le mot que je cherchais. Très bien. En attendant mon prêt, puis-je vous faire un chèque ?

***

(1) *Merci à Noëlle Perna* (2) *Et à Coluche* ...

DAPHNÉ

Nous étions vendredi et il ne me restait que le week-end à venir avant de reprendre mon dur labeur. Je comptais bien rentabiliser ces quarante huit heures en loisirs avec ma Véro. Hélas, sa maman qui avait pris goût à notre atelier de poterie avait décidé de jouer les prolongations. Daphné (pffft !) nous annonça donc qu'elle allongeait sa présence de deux jours.

— Mon cher Marthy, j'espère que ça ne vous ennuie pas, au moins, sinon il faut me le dire …

Tu me vois dire à ma belle-doche : « — Écoute Daphné (pffft), j'en ai marre de voir ta tronche, ça fait une semaine que tu nous squattes et que tu nous vides le frigo et la cave à vins, alors maint'nant, tu dégages de là et rapidos ! En plus tu sais même pas faire la bouffe, allez casse toi, Daphné ! (pffft)

Au lieu de cela : « — Bien sûr que non, belle-maman, vous êtes ici chez vous …nanani, nanana, j'en passe et des pires.

— Allons tant mieux mon gendre, mais par pitié appelez moi par mon prénom, vous me faites vieillir avant l'âge. Ah, au fait, *(au fait de quoi ?)* je me suis permise d'inviter madame Paulet, votre charmante voisine, ainsi que Raymonde, votre adorable gardienne à prendre le thé à dix-sept heures. J'espère que vous êtes d'accord, Marthy, hein ?

— Pas de soucis Da…Daphné (pffft) de toute façon je ne suis pas là cet après-midi, j'ai une course à faire.

— Ah, ben non, minou, intervint Véro, tu sais bien que le monsieur de la télé doit passer entre midi et demi et dix-neuf heures trente, qu'il a dit …

Damned ! J'avais oublié cet olibrius avec sa fourchette horaire qui ressemblait curieusement à un râteau, pour ne pas dire une moissonneuse-lieuse.

— Parfait, dit Daphné (1) ainsi vous prendrez le thé avec nous, Marthy, j'en suis ravie.

— Oui, minou, ajouta Vero, pour une fois que maman est là, en plus elle t'adore, tu sais bien.

— Mais …moi aussi, hu hu, tu penses ! hypocritai-je.

C'est ainsi que je me retrouvai coincé entre quatre individutes (2) qui m'obligèrent plus ou moins à participer à leur conversation, dont l'intérêt ne m'était pas apparu au premier abord et finalement pas au second non plus. Mais bon, il faut savoir faire des sacrifices dans un couple, c'est une preuve d'amour. C'est la raison pour laquelle j'envisageai sérieusement de faire venir ma maman, que Véro détestait, au moins une quinzaine de jours, prochainement.

***

(1) *Faites les pffft vous-même, je peux pas tout faire.*

(2) *Féminin d'individu, selon le dictionnaire Marthysien.*

TEA TIME.

À dix-sept heures pétantes les deux invitées de Daphné arrivèrent ensemble. Madame Paulet, Lise de son prénom et Raymonde Ducreux notre gardienne bien-aimée, liseuse de courrier. Elles se connaissaient avec Daphné depuis des années, celle-ci ayant habité le quartier bien avant nous. Ce furent des grandes embrassades entre elles trois, Vero et moi étant spectateurs.

Ma petite femme servit le thé et apporta un superbe gâteau fabriqué par Daphné. L'ayant coupé en parts égales, elle m'en proposa une. J'eus alors le souvenir de la dernière pâtisserie préparée par ma belle-mère, qui m'avait valu un arrêt de travail de quatre jours. Mais je n'osai refuser. C'est alors que, comme Vero auparavant, je regrettai sincèrement que nous n'ayons point de chien.

Daphné demanda des nouvelles du quartier et notamment de sa copine d'école maternelle, Henriette. C'est Raymonde, devançant la mère Paulet qui lui répondit :

— Quoi ! Mais, vous savez pas ? Henriette elle veut divorcer ! Et ben le Raoul depuis le temps que ça y pendait au nez à force de courir après le tutu... 51 ans dites donc elle a du retard à l'allumage cette pôv'e Henriette, fallait-y qu'elle l'aime pour supporter c'qu'elle a enduré pendant toutes ces années... Entre nous, Daphné, quand on a porté les cornes aussi longtemps, à défaut d'avoir une médaille, on pourrait recevoir le mérite agricole, pas vrai ...

Elle s'y est mal prise, moi mon Gilbert il a failli se tromper de nid une fois, j'l'ai remis dans le droit chemin ... J'peux vous dire qui s'en souvient encore... faut dire que j'lui rappelle tous les jours.

Vous voulez qu'je vous dise Daphné, c'qui arrive à Henriette, ça c'est l'influence de sa copine Colette, vous avez vu comment que ça l'a transformée son nouvel amour à la Colette ? Ché pas vous, dit-elle, - se tournant vers la mère Paulet, - mais moi j'l'ai à peine reconnue ... C'est qu'elle a pu ses bouclettes violines, elle qu'a toujours eu de si beaux cheveux, c'est d'ailleurs ce qu'elle avait de mieux... Elle est blonde maintenant, reste pu un poil sur le caillou... On sent qu'il a fait du zèle le barbier.

Si j'vous disais qu'elle s'habille au-dessus du genou, à son âge... Y'a qu'les talons qu'elle peut pas mett'e à cause de ses cors aux pieds... A c'qui parait, elle a dépensé une fortune pour se faire « rebooker » comme y disent ... Quoi ? Relooker ! C'est du pareil au même, c'est moche.

Vous la verriez, c'est comme si un tsunami était passé dans sa garde-robe et ces couleurs, vous avez vu ces couleurs... on dirait une vache qu'a découvert le printemps ! Sans compter qu'elle met du cuir maintenant !... Je sais pas quelle paire d'yeux il avait son « rebookeur »... Quoi ? Relookeur ! Si vous voulez, mais à mon avis c'est un ancien garçon boucher, il l'a ficelée dans ses robes comme un rôti à l'étalage.

Oh si, Daphné, elle est boudinée de partout, si, si, de partout. Chez Colette ça a toujours été, y'a du jambon sur l'os comme dit mon Gilbert, déjà à la communale ! C'est une question de nature ! Personnellement, je trouve que ça fait mauvaise vie tout ça... Enfin, chacun voit midi à son clocher ! Et pis, pour tout dire, ça nous regarde pas ! Non ça m'fait surtout d'la peine pour ses p'tits-enfants, qu'elle tricotait de si beaux pulls en mohair ... J'vous dis qu'en la voyant y vont y dire « Bonjour Madame !" en lui serrant la main... ça y pend au nez !

Oh, non, non ,non, Daphné, le bonheur à un coût *(prononcer coûte)* mais là, c'est l'inflation ! Y paraît que son amoureux a dix ans de moins qu'elle, à la Colette, le mal vient de là ! Remarquez, dans le fond ça y réussit … avant elle avait toujours mal partout, maintenant elle a mal nulle part… C'est comme j'vous le dis, j'osais même pu y demander «comment ça va ?», elle m'tenait la jambe pendant des heures que j'avais l'impression de m'enfoncer dans le sol. Et en plus que ça me mettait en retard pour la soupe que le Gilbert ça y faisait monter son taux d'adrénaline... En parlant de soupe, faut que j'vous laisse, j'ai mon poulet à mett'e au four…Bon, allez, merci pour le thé. La prochaine fois, on f'ra chez moi ! (1)

C'est sur ces mots que l'intarissable bignole, regardeuse de courrier, leva le siège, nous laissant Daphné, Véro, la mère Paulet et moi même, bouche ouverte, pour ne pas dire bée, sans avoir pu prononcer la moindre parole. Ce qui nous permit de boire chaud le thé préparé par ma Véro et de déguster la composition culinaire de la belle-doche qui, au goût, ressemblait plus au médicament que je prenais pour mon cholestérol qu'à une pâtisserie.

La mère Paulet allait prendre le relais aux cancans de la gardienne, lorsque notre porte d'entrée m'apprit que *le monsieur de la télé* était derrière, sur le palier. Je m'empressai d'aller le délivrer de sa position stationnaire, dans un grand soulagement, alors qu'au salon, les pies avaient repris leur jacasserie. Une fois le siège levé par tous les occupants de l'appartement, Véro et moi entreprîmes une sieste crapuleuse, avant de s'endormir et de rêver repartir pour d'autres aventures …

FIN.

(1) Monologue de Raymonde :Texte de mon amie Zaïa Evain comédienne et auteure

SEULS LES OISEAUX PLEURENT.

(Nouvelle lou et foque à la fois)

AVERTISSEMENT

J'ai voulu tenter une expérience loufoque, un soir que ma Muse était malade et me laissait en carafe. Je me suis dit : « Et si j'écrivais come ça, sans réflechir, sans sujet, sans décor, sans personnage ? En prenant le lecteur éventuel à témoin et en dialoguant avec les personnages inventés, au fur et à mesure. Qu'est-ce que ça donnerait ? Alors, j'ai essayé. Et voilà le résultat :

Bien, alors, un assassin, ça vous va ? Boulanger, en plus. Ah, écoutez, j'ai que ça en stock, alors, c'est à prendre où à lécher ! *(Que je sois pas le seul dans le pétrin ...)* Maintenant, reste à savoir qui il a tué et si possible pourquoi. Voyons voir … Oui, je sais : Il a tué sa belle mère ! Non, trop classique, tout le monde fait çà …Sa femme ? Son voisin concurrent ? Bon, faut vous décider. J'ai pas non plus que ça à faire ! Ok, je prends les choses en mains, laissez vous lire. Une petite suggestion de temps en temps et ça ira. *(Pas de remarques sur le style, je suis très susceptible !)* Donc, c'est son voisin qu'il a tué ! Pas parce qu'il était l'amant de sa femme, non, mais parce que sa femme était amoureuse de sa femme ! Non, pas à lui, au voisin … Comment çà, on comprend rien ?

Elle s'est aperçue qu'elle préférait les femmes aux hommes, et comme son mari est un homme, ça lui a pas plu, forcément ! À lui, pas à elle… c'est clair ?

Lui, c'est un mec tout ce qu'il ya de tranquille. La nuit il fait des bâtards et le jour il essaie de faire des enfants. Elle, c'est une coquine. Elle n'est jamais là dans la journée pour procréer et du coup, lui, il procrastine. Mais il en a marre de procrastiner. Au départ, il croyait que sa femme était amoureuse de son concurrent direct. Pas son concurrent à elle, à lui …Ah, écoutez, suivez, sinon on va jamais s'en sortir ! En fait, il l'a appris par Xavier. *(Nouveau personnage, je viens de l'inventer, ça dérange quelqu'un ?)* C'est le clerc de Notaire qui lui a tiré les choses au clair :

— Dis-donc, ta femme elle aime les moules marinières et le gigot à l'ail ? *(Insinuations légères, il faut le reconnaître)*

C'est ainsi que Paul *(Oui, le boulanger s'appelle Paul, pourquoi pas ?)* c'est ainsi que Paul donc, apprit son infortune et qu'il alla tuer Jacques *(Oui, l'autre boulanger s'appelle Jacques, j'allais pas vous coller du Steve ou du Brian, alors qu'on a un stock de prénoms Français qui ne servent plus à personne, faut être raisonnables …)*

Mais-t-alors, me direz-vous *(Si, si vous allez me le demander, j'anticipe…)* Pourquoi a-t-il tué Jacques et non pas sa femme ? *(Non, pas la sienne, l'autre, pffffft !)*

Un peu de suspense avant de tourner la page …

La rue des Ironelles est une voie plutôt tranquille du centre de Bedours *(Département du Gerscluse)* on peut pas dire. Quelques crocodiles et autres éléphants viennent se désaltérer à la fontaine municipale à partir de dix-sept heures, et pis c'est tout. Sinon, c'est tranquille, y a pas ! ***(Putain faut que je trouve une idée rapidos immédiatly, sinon y vont tous se barrer …)***

Et donc, Gaëtan aimait son métier de plombier. *(Oui, j'ai changé, boulanger c'est trop commun, Paul aussi).* Mais, la plombière, *(la femme du plombier...)* elle, marivaudait, de-ci, de-là, cahin, caha, dans les petits chemins, même ceux qui ne sentaient pas la noisette. Et du coup, elle ne s'occupait plus du tuyau de Nicolas ! *(Gaëtan, ça fait trop vieux, je trouve ...non ?)*

*

(Episode 2)
Résumé de l'épisode précédent : Ah, la la ...

Alors, bon. On est mercredi 30Juillet 1987. Il est 18 heures. Le conseil municipal au grand complet est venu boire un coup à la fontaine de la Place Bernadette Chirac, en même temps que les babars et les alligators. Et c'est là que les choses se compliquent : En effet, les sauriens partis, le Maire entreprend de faire un discours sur les travaux à entreprendre dans la commune, tels que : perchoirs pour les éléphants, terrain de jeu pour les autruches et accessoirement les élèves de maternelle 6 ème année, et piscine municipale privée dans sa villa. Le hasard *(si, si)* fit que c'est Jean Thube, son beau-frère qui ramassa tous les marchés. Il y eut bien quelques protestations, mais les crocodiles revenaient ... Et notre boulanger, ...non plombier, pardon, était parmi les manifestants manifestant.

— Ouais, c'est quoi ce scandale, qu'y dit le plombier, c'est du farovi ...du faroti ...sme. C'est de la triche !

— Toi, qui lui dit le Maire, tu f'rais mieux de surveiller ta femme et celle des autres aussi ...

— De quoi, de quoi, kesskessaveudire ? qu'il lui répond. *(C'est prenant, non ? On s'y croirait. J'aime bien mon style)*

— Ouais, qu'y lui redit l'autre, je sais ce que je pense, que les autres disent ...

Et là, *(c'est maintenant le drame)* d'un seul coup, sans prévenir, v'la que Môssieur Nicolas y bute tout le conseil mucinipal avec sa kalachnikov qui ne quittait jamais sa poche revolver. Comme sa meuf arrivait au bout du chemin, elle comprit immédiatement que c'était de sa faute ! *(L'andouille !)* Et lui, magnifique dans l'horreur, eut tout de même un regard amoureux vers sa femme et ces paroles extraordinaires d'amour dans un tel moment :

— Qu'est-ce qu'on bouffe ce soir ? *(Putain, chuis trop fort !chuis sûr qu'y en a qui bavent...)*

***

Épisode 3

Résumé de l'épisode précédent : *Y en a pas ! Vous z'aviez qu'à suivre ...*

Alors, le lendemain, le Maire y se pointe au commissariat pour les portes et les plinthes.

— Ouais, qu'y dit, c'est l'aut'guignol, là, qui m'a décimé tout mon Conseil mucinipal, il a loupé que moi, ce nase, j'te jure !

— Bon, écoutez, M'sieur l'Maire, vous z'allez pas nous en faire un flan aux oeufs, quand même. Y z'étaient tous vieux et moches, surtout vot' secrétaire, mamzelle Ridelle, alors vous z'avez qu'à en constiper un autre de Conseil et pis c'est tout !

— Constiper ?

— ...stituer, j'm'ai gouré.

— En attendant, j'ai l'air d'un con, tout seul dans la salle du Conseil. J'ai beau essayer de m'contredire, il en sort jamais rien ! J'arrive pas à me mettre d'accord à l'humanité.

— L'humaminité, vous voulez dire …

— Bon, vous z'allez l'arrêter l'assassin ?

— Écoutez, c'est le seul plombier du département et il a pas fini ma salle de bains, alors …

— C'est ça qu'vous appelez la Justice ?

— Qui, moi ? Mais, j'ai rien dit, moi… !

Le Conseil fut donc renouvelé et comme y en a qui attendaient la place depuis des années, tout le monde fut content. Pendant ce temps-là, notre plombier *(c'est sûr cette fois-ci)* entre deux plombages décida de surveiller son épouse. Pas qu'il avait pas confiance, mais les paroles du Maire lui avait mis la fourmi aux oreilles. *(Ouais, la puce, y en a marre)*

— Où qu'tu vas là ? qu'il lui disa.

— Au supermarché faire des courses mon amour, réponda-t-elle.

— Ça fait quand même trois fois aujourd'hui, maugréa-t-il. *(L'angoisse me prend à la gorge, pas vous ? Si, hein ?)*

— Oui, mais j'oublie toujours quelque chose, qu'elle lui répond.

— Le supermarché est à quatre-vingts bornes d'ici, t'as intérêt à pas oublier le sel au prix où est le gasoil …Et là, sa meuf, elle est sciée ! Tel Gérald de Palmas, elle sent le doute en lui s'immit …s'imich … s'installer.

— Non, mais chéri, les andouilles sont en promo, alors du coup, j'ai pensé à toi.

Que va-t-il se passer entre le plombier et la plombière ? L'attente est insupportable ! *(Hein ?)*

Épisode 4 (je crois.)

Résumé : C'est l'angoisse.

Tout le monde dans le village saluait le plombier avec déférence. Surtout ceux qui faisaient partie du Conseil Municipal. Lui, impassible, soudait des tuyaux après avoir dessoudé ses congénères. Quinze jours s'étaient écroulés *(cou)* depuis le soi-disant drame. Mais personne n'en parlait plus, de peur de reprisailles *(pré).*Nicolas rentra au bar « Chez Diogène » pour se taper son pastaga quotidien. C'est alors, qu'à côté de lui, accoudés au bar, deux indigènes autochtones, qui riaient fort bruyamment, en faisant du bruit, lancèrent une réflexion à son encontre.

— Y en a, ici, qui mettent pas leurs tuyaux dans les bons trous ! Ouaf, ouaf, ouaf ! dit l'un.

— Tu l'as dit bouffi ! Hi, hi, hi ! qu'y répond l'autre.

Nicolas sentit le sang lui monter aux sourcils, il se retourna d'un coup et, toujours avec sa fidèle kalachnikov, descendit la vingtaine de personnes qui se trouvait dans l'établissement !

Diogène sauta de son tonneau :

— Ah, non, merde, Nico, tu déconnes, putain, c'est pas toi qui nettoie après, j'te jure, toi alors ! Et pis t'énerve pas comme ça, tu vas finir par te choper un ulcère, j'te l'dis moi.

— J'aime pas qu'on dise du mal de ma femme, c'est tout ! Pis, j'te donnerai un coup d'mains pour déblayer, ressers-moi un Ricard… avec des chips ; tiens, paye-toi.

— Laisse, c'est pour moi.

Mais Nicolas n'était pas un mauvais garçon, non, non, non, faut pas croire. En plus c'était un excellent plombier, et ça, ça court pas les rues. N'empêche, tout le monde au village savait que la Plombière avait une aventure avec la femme du Notaire. *(Oui, j'ai mis Notaire, ça rehausse la classe socialiste.)* Et, il était notoirement connu que la Notaisse préférait entendre chanter La Rockeuse de Diamants avec son violon plutôt que Zazie avec son trombone. En fait, notre plombier avait une rancœur indescriptible après le corps médical depuis des années. En effet, avant de sacrifier sa vie au plomb, Nicolas était un grand champion cycliste international de la région de Bedours. Il dût arrêter la compétition le jour où son médecin lui prescrivit un régime sans selle. D'où son caractère légèrement ombrageux. Ainsi, un jour qu'il faisait une réflexion à sa femme *(Faudra que je lui trouve un prénom à celle-là)* :

— Dis donc, toi, t'as pas passé la serpillière ? courrouça-t-il.

— Si, j'ai passé la serpe, hier, j'ai fait tout le jardin, biaisa-t-elle.

Ça l'avait tellement énervé, qu'il avait buté en une seule fois, les trois chiens, les deux chats et le canari qui nageait tranquillement dans le bocal du poisson rouge, décédé depuis peu. Sinon, dans l'ensemble, c'était un gentil garçon

Épisode 5, à peu près.

Résumé de l'épisode précédent : Non.

Les jours s'épuisaient, paisibles dans cette petite bourgade de …de … *(merde, c'est quoi déjà le nom ?)* …dans cette petite bourgade. Le plombier et le Pompes Funèbr'man faisait des affaires en or. À tel point qu'ils songèrent à s'associer. Pendant ce temps-là, la plombière lesbienne continuait ses facéties avec sa Noteuse, Gabrielle Thubrule-Monespry.

Bon, tout le monde y trouvait son compte puisque Nicolas devait installer prochainement la piscine du Notaire. Et c'est à ce stade du récit, que les choses, tranquilles jusqu'ici, commencèrent à bouger !

En effet, *(Bon, là faut que je trouve un super-rebondissement)* alors que tout le monde était tranquille, un névénement événementiel se produisa.(zi) Alors que Nicolas posait la pompe, le Notaire descendit le rejoindre dans la piscine (vide).

— Voulez-vous un coup, Nicolas ?

— Un coup de quoi, Notaire ?

— De mains, bien sûr ! Hu, hu !

— Non, merci, qu'y dit, l'autre.

— Quelles jolies mains vous z'avez, Nicolas, on voit que vous vous y connaissez en tuyauterie. *(Ce disant, il avait saisi les mains de Nicolas posées sur la pompe.)* Jolies mains, vraiment.

Nicolas fut déstabilisé par cette attitude. Il eut le réflexe de sortir sa Kalachnikov, comme d'habitude, mais il se reprit. En effet, qui lui paierait les travelos *(vaux)* après ?

Notre plombier se dit que, décidément, cette Étude Notariale était plutôt une étude de mœurs. Mais, bof, il souderait ses tuyaux quoi qu'il en soit.

C'est en rentrant chez lui qu'il apprit la nouvelle par un télégramme arrivé une heure plus tôt : Sa maman était au plumard *(au plus mal, pardon...)* et demandait à ce qu'il lui fit une dernière visite. Nicolas avait un cœur de midinette et était extrêmement sensible. Il se mit à pleurer dans le potage Liebig au cresson de la Martinique, que sa meuf avait préparé en cata.

— Faut que j'aille voir Môman, qu'il dit.

— Voui, mon chéri, qu'elle répondut …J'ai regardé sur la toile, t'as un navion demain matin à 10 heures à Orly sud.

***

Épisode 6, ben, oui, déjà.

Résumé : Quelle angoisse.

La maman de Nicolas habitait une rue tranquille au fin fond du Nebraska. Non, pas une ville, ni un village, juste une rue. Arrivé à Paris par le train il chercha-t-un taxi. Et il le trouvit. Mais, une trentaine de personnes faisait *(ou faisaient, selon que c'est la trentaine ou les personnes)* la queue à la station et les taxis arrivaient de façon claire et semée.

— Putain, qu'il pensa Nicolas, j'vais rater mon navion si ça continue.

Et il décida d'éclaircir la situation. Une fois encore, sa fidèle kalachnikov fit des merveilles. Sur trente personnes, il en rata deux, qui s'empressèrent de disparaître. Un taxi arrivait.

— C'est à vous, je crois, Monsieur, qu'il dit le taximan.

— Ouais, on peut rien vous cacher …

Les techniciens de surface *(enfin, les balayeurs municipaux)* rouspétèrent bien un peu comme quoi leur journée était finie et que c'était pas la peine de laisser n'importe quoi traîner sur les trottoirs, mais Nicolas décida de ne pas répondre et s'adressant au taximan :

— Orly sud et qu'ça saute !

— C'est parti, qu'il dit l'autre …

Nicolas pleurait si abondamment que ses larmes atteignirent, à l'avant, les chaussures du chauffeur et montèrent jusqu'aux chevilles de celui-ci.

Mais, il ne fit aucune remarque, comprenant à qui il avait affaire, sensible et tout et tout. Arrivé dans la rue du Nebraska il apprit que sa maman avait déménagé la veille au soir pour rejoindre son fils qu'elle avait juste oublié de prévenir. Le voisin qui lui annonça la nouvelle mourut instantanément d'une rafale, ainsi que sa famille nombreuse, Nicolas était énervé, on peut le comprendre. Il décida de rentrer chez lui illico, mais surtout presto !

V'la-t-y pas que le navion était complétement complet !

— Ah, non, qu'y dit, j'ai ma Môman qui m'attend, faut que je rentre dans le chez moi !

— Mais, enfin monsieur, pisssqu'on vous dit qu'y a pu d'place, m'enfin, qu'elle dit la Nana.

— Ah ? Y a pu d'place ? Ben attendez, j'vais vous en faire, moi. Et bien entendu Nicolas rétama une dizaine de passagers qui faisait *(ou faisaient selon que c'est la dizaine ou les passager, mais ne mégottons pas...)* la queue pour enregistrer les bagages. Et voilà ! qu'y dit …

— Évidemment, qu'elle dit la Nana, dans ce cas, ça change tout.

— Me remerciez pas, qu'il dit Nico, quand on peut rend' service.

Nicolas eut donc sa place dans le navion. Mais, hélas, celui-ci fut détourné par des détourneurs *(le navion, pas Nicolas …enfin, si, un peu, quand même)* sur les Philippines.

Un des pirates énerva Nicolas qui, une fois encore, fit appel à sa kala et dégomma l'indélicat. Celui-ci se trouvant dans le poste de pilotage, il effaça les deux pilotes en même temps.

— Mince, esscusez-moi, qu'y dit, j'ai pas fait gaffe ! qui c'est qui conduit le navion maint'nant ? Euh… y a personne qui sait conduire un navion, parmi vous ? héla-t-il les assis.

Mais, personne ne réponda. Ce qui l'énervit : « — Si y a personne qui sait, je dessoude tout l'monde, qu'y dit. Mais, se rendant compte lui-même de l'incongruité incommensurable de son injonction verbale, *(putain, qu'est-ce que j'cause bien !)* il se radoucissa, voyant que les passagers, comme les passajeunes étaient tous tétanisés.

— Allez, quoi, qu'il dit, soyez pas timidifiés, j'ai jamais tué une mouche. *(En plus, c'était vrai).*

Mais, le navion descendait de plus en plus vite, menaçant de rejoindre la planète plus tôt et plus brutalement que prévu. Un passager l'interpella : « — Avec vos conneries, ont va se gaufrer la tronche dans moins de cinq minutes chrono, disa-t-il.

— Hé, ho, d'où qu'y sort le mongolien là ? Tu pourrais êt' poli, si t'es pas joli ! Tu sais le conduire, toi le navion ?

— Ça doit pas être si compliqué, qu'y dit l'autre, y a qu'à tenir le guidon, épicétou !

— Le guidon ? Tu te crois au Tour de France ? On n'a pas idée de foutre les gens dans des situations pareilles, moi j'te l'dis, sans blague !

— Quoi ? Mais, c'est vous qu'avez mis le souk, j'vous signale.

— C'est pas à toi que j'cause, Dugland, c'est à l'auteur. En plus, si ça s'trouve on n'est même pas payés dans c'bouquin ! *(Je confirme)*. Bon, j'vais tenter *« le tout pour le tout »*, pour le tout, qu'y dit. Et il se dirigea vers la cabine d'essayage de pilotement.

L'altimètre vocal *(made in Taïwan)* se mit en branle dès que Nicolas fût confortablement installé dans le fauteuil du chef-pilote, débarrassé du corps inerte qu'il n'avait plus aucune raison d'occuper.

— **Crachage imminent, crachage imminent,** éructa l'incompétent bidule fabriqué là-bas, ailleurs. Notre plombier, énervé, envoya une belle rasade dans le machin.

— **Ici la Tour de contrôle**, à quoi vous jouez, Bretonneau ? *(Sans doute le patronyme du défunt pilote)*

— C'est pas Bretonneau, c'est Nico, dit Nico. Les pilotes sont morts de concert, ajouta Nico.

— Ah ? Cancer de quoi ?

— Concert, comme Madonna ! Le navion tombe, qu'est-ce qu'y faut que j'fais avec le volant ?

— Putain ! Tirez d'ssus, mais tirez d'ssus, bon sang !

Ni une, ni deux, Nicolas exécuta les ordres et envoya plusieurs rafales sur le manche à balai.

— Voilà, c'est fait, qu'y dit. *Et maintenant que vais-je faire, de tout ce temps, que sera ma vie ? De tous ces gens qui m'indiffèrent, maintenant qu'on est mal partis ?*

Il n'avait pas fini sa phrase que le navion se cracha lamentablement dans une sorte de forêt vierge qui, contrairement à son appellation, ne l'était plus depuis un bon moment, vues les lianes enchevêtrée qui permirent au zinc de se poser en douceur, autant qu'en souplesse.

Épisode : on s'en fout.

Résumé : (aussi…)

— Comment c'est qu'on ouv' c'te porte à la noix, Nicolas dixit.

— Faut sûrement appuyer sur un bouton, réponda une brave dame, ou tirer peut-être ? ***Euh, non ! Pas tirer !! Pas tirer !! !***

La passe agère avait compris à qui-t-elle avait-t-affaire.

— Y a personne qu'a un tire-bouchon ? qu'y dit Nico.

— Pour ouvrir la porte, ça va pas l'faire, réitéra l'intervenant précédemment dialogué.

— Je sais, Dugenou, mais j'ai une boutanche de Chablis de derrière les fagots dans ma caisse à outils et vu que l'aventure ça assoiffe, j'ai bien envie d'm'envoyer un gorgeon dans l'gosier, en attendant mieux.

— Vous pensez pas qu'il y a mieux à faire, pour l'instant que de boire un coup ? Il faudrait chercher du secours, je sais pas, moi. Essayez d'appeler quelqu'un, n'importe qui.

— Ah, ouais, n'importe qui ? Et comment, Môssieur je sais tout ?

— Essayez un numéro au hasard avec votre portable.

— On ne peut pas.

— Ah, oui, ça passe pas dans la carlingue ?

— Non, c'est pas ça !

— Ben, c'est quoi alors ?

— Cette andouille d'auteur a situé l'histoire en 1987, alors pour les portables, vous repasserez, dit Nico *(Ah, oui, merde c'est vrai…!)* Bon, en attendant, Mademoiselle l'hôtesse, vous pourriez peut-être servir à tout le monde un plateau repas ?

— Je suis désolée, Monsieur, dit-elle, mais c'est impossible.

— Ah ? pourquoi, c'était pas prévu ? Y a rien dans les frigos ?

— Si, Monsieur, ils sont pleins. Mais vous tombez pile sur l'heure du mouvement de grève que nous venons d'entamer, mes camarades et moi-même. Et comme prévu, je suis solidaire.

— Solidaire, solidaire, ça empêche pas d'bouffer, qu'y dit Nico.

— Je regrette, Monsieur, mais vous devrez attendre la fin de la grève, et d'ailleurs mon syndicat…

— Non mais, je rêve ! Hé, l'auteur, tu crois pas que c'est un peu gros maint'nant ? On est bloqués à l'intérieur d'un zinc sans pouvoir sortir et sans rien à se mettre sous la dent, c'est pas un peu énorme, non ?

(Je me sentis obligé d'intervenir) - « *Écoutez, Nicolas, c'est vous le héros, moi je vous ai mis en scène, vous avez la situation en mains, débrouillez-vous !)*

— Ah ! Il est beau, lui ! C'est fastoche, ça môssieur, vous vous défilez, épicétou !

— Ouais ! Il a raison, s'écrièrent en chœur les 1243 passagers. *(C'est un gros porteur)*

— *Bon, écoutez, vous auriez préféré être enfermés dans un Tgv, avec wagon restaurant ? courrouçai-je.*

— Un Tgv, en pleine forêt vierge, ça va faire désordre, non ? intervint le perturbateur du début de la séquence.

— ***Ça suffit !! ! m'emportai-je. C'est moi qui écris l'histoire et c'est vous qui subissez. C'est qui, qui commande, nom de Zeus ?*** Voyant que j'étais vraiment en pétard, tous les passagers reprirent la lecture des instructions de bord, imprimées en Japonais, dont un exemplaire était rangé dans le minuscule filet devant eux, sur le dossier du siège précédent le leur. *(Putain de longueur de phrase !)*

— Y a un monsieur qui dit qu'y va mourir dans pas longtemps et y demande l'extrême onction, qu'y dit Nicolas. Y a-t-il un prêtre dans le navion ?

— Oui, Monsieur, dit l'hôtesse syndiquée, mais il est évanoui.

— Bon, y a-t-il un médecin dans le navion, pour désévanouir le prêtre afin qu'il extrême onctionne le monsieur qui croit qu'il va mourir bientôt ? demanda fort poliment notre *Plombier's héroe's.* Je rappelle à notre abruti d'auteur que je suis toujours en possession de Brigitte, ma fidèle kalachnikov, et que je peux, en pas longtemps, rester le seul passager du navion. Et qui c'est qui s'ra bien emmerdé, après ? *(— ...m'en fous !)*

La totalité des occupants de l'aéroplane applaudit à tout rompre *(Quelle expression à la con)* le discours du héros principal-que-j'aurai-mieux-fait-d'en-trouver-un-autre-je-crois.

— J'ai une idée ! dit Nico.

— Ah, non, merde ! dit en chœur, le chœur des acteurs de ce drame rondement mené.

— Ah, ben, merci les gens ! ça fait plaisir que, comme Mister Ducros, je me décarcasse pour nous sortir de cette carcasse ! j'vous en redonnerai, moi des idées.

Nico retourna s'asseoir à sa place et Bouddha. Sentant que je sentais qu'il se sentait mal en boudant, je vins, virtuellement m'asseoir à côté de lui en empruntant le siège, que je me promis de rendre rapidement à l'accessoiriste de service.

— *Ben, alors mon Nico, ça va pas, mon grand ? Où est le plombier conquérant du début de notre saga ? T'as pu l'moral ?*

— Non, dit-il en essayant de retenir ses larmes qui commençaient à inonder la moquette, j'en ai marre de cette histoire à la con, qui ressemble à rien et pis en plus, je me fais du souci pour ma môman qu'est mourrisante si ça s'trouve, et pis aussi pour ma femme, mon amour, mon roudoudou en sucre, ma chupa chups, enfin je veux nommer, je veux nommer, heu …machine, là …***Pourquoi elle a pas de prénom, ma femme ?*** hurla-t-il, des sanglots dans la voix.

— *Heu, je ...excuse-moi Nico, je devais lui en trouver un, pis, tu sais c'que c'est, le temps passe, les pages tournent…*

***

Épisode Houit. (Huit Belge)

Résumé : On prend l'eau.

Les larmes du plombier dézingueur atteignirent, à vue d'œil, les bons vingt centimètres, humidifiant le haut des chevilles des passagers, même ceux de la queue du navion.

Évidemment, l'emmerdeur du début trouva à redire :

— Alors, si j'ai bien compris, qu'y dit, si on meure pas de craustlo …claursto…trobie…d'être enfermés, on va tous périr noyés !?

Cela ne fit que redoubler le flot des larmes déjà abondant du plombier.

— Bouh, hou, hou, je sens bien qu'y a personne qui m'aime, ici, sanglota Nicolas.

— Meuh, non, meuh non, le rassura l'hôtesse. Ne vous inquiétez pas, Monsieur, puis, empoignant son micro : Je rappelle à tout un, mais surtout à chacun, que des gilets de sauvetage sont à votre disposition sous vos sièges. Enfin… en principe, un siège sur deux, à cause de la crise.

Je sentais un énorme malaise en faisant mon footing dans l'allée centrale du paquebot volant. J'entendais bien les passagers grommeler sur mon passage, des trucs du genre : *Grmmml prmetelfoiré rkkirpovcon, bererrrmmculé, etc, etc.* Mais, je décidai de ne pas répondre. Tu parles ! Y z'auraient été trop contents.

Mais, j'avais l'intuition que je devais faire quelque chose pour mon personnage principal, vers qui je me rassis comme un vieux croûton.

— Bon, Nico, faut qu'on cause, toi et moi, l'invectivai-je. Je vois que tu t'en sors pas, est-ce que tu veux que je change le scénario ?

Nico ne me répondit pas.

— Tu boudes toujours ? le questionnai-je en essorant dans un seau qui était à nos pieds, la serpillière, que l'hôtesse avait mis à notre disposition. *(Faut que j'arrête de faire des phrases aussi longues…)*

— Non, je boude pas qu'y dit, j'ai faim, j'ai la dalle, j'ai les crocs.

— ***Nous aussi ! nous aussi !*** scandèrent les 1243 passagers *(sauf un décédé et une qui dormait)*

— Hé, ho, mollo, mes amis, j'avais pas prévu la bouffe pour autant de monde au début de mon histoire, alors faudra attendre qu'on vient nous délivrer.

— *Qu'on vient ?* Vous êtes sûr que vous êtes écrivain ? qu'y dit l'emmerdeur public number one.

— À ce stade du récit, je ne suis plus sûr de quoi que ce soit, vous savez, mon ami. Bon, Nico, veux-tu redevenir boulanger comme au début de cette folle aventure ? Au moins tu pourras manger et distribuer des pains à la place des pruneaux.

— Je pourrais garder ma Kala ? m'interrogea-sauta-t-il de joie.

— C'est d'accord, Nico, y a pas d'raison de t'en priver. Juste un truc avant : Comme je sais pas quoi faire des 1422 enfauteuillés, est-ce que…comment dire…tu pourrais…

— M'en charger ? avec plaisir boss ! moi, du moment que je sors de ce merdier. Ma p'tite femme, qu'est-ce qui s'passe avec elle ?

— Je m'en occupe, Nico, je m'en occupe ! D'abord, sortons de ce navion et faisons signe au premier bus qui passe.

— En pleine forêt vierge ?

— T'inquiète, c'est moi l'auteur, j'fais qu'est-ce que j'veux !

C'est ainsi que Nico, le « Roi de la Kala et de la plomberie réunie » arrivé à l'apogée de son art, put rejoindre ses pénates. Pendant ce temps à *(merde, j'me rappelle pu du nom de la bourgade)* la bourgade, sa môman ayant repris des forces, épousa le Maire, qui venait de divorcer pour la huitième fois. La Noteuse de diamant, Gabrielle Thubrul-Monespry, se mit en ménage avec…euh, la femme de l'autre, là, *(Non prévu au casting)* laissant tomber Clémentine. *(Prénom de la femme à Nico, c'est tout c'que j'ai trouvé)* qui fut très heureuse de retrouver son plombier, non…boulan…*(merde, je sais pu)*, de mari ! En apprenant son infortune, le Notaire se suicida au fromage blanc à 0 % de MG, périmé d'un an. Tout le village se réjouissit tous en même temps du retour de Nicolas 1er, sauf **Les oiseaux qui seuls pleuraient !** (1) (2)

(1) Je sais parfaitement que ça veut rien dire, mais faut bien que je justifie le titre

(2) Franchement, je croyais pas m'en sortir aussi bien, hein ?

Hein ?

Hein ?

Ben, quoi… ?

FIN finale.

Du même auteur :

FUSION *Tu seras mon fils*

LE DÉNI

LA BOITE À SUCRE *(roman policier avec Annie Berlingen)*

Retrouvez-moi sur Facebook

Écrivez-moi ici : *fusion@azurline.com*